Andreas Elligsen

Zeig deine Farben im ersten Flügelschlag

AF219645

Andreas Elligsen

Zeig deine Farben im ersten Flügelschlag

Bibliografische Information der Deutschen Nationalbibliothek: Die Deutsche Nationalbibliothek verzeichnet diese Publikation in der Deutschen Nationalbibliografie; detaillierte bibliografische Daten sind im Internet über dnb.dnb.de abrufbar.

Herstellung und Verlag: BoD – Books on Demand, Norderstedt

ISBN: 978-3-7543-0624-6

Zeig deine Farben im ersten Flügelschlag

Fililap –pffh, da war es wieder, für weniger als einen Wimpernschlag durchbrach es den fahlen Morgenschein, dann war es wieder dunkel. Die frischen Farben leuchteten auf der Netzhaut nach, Zeit dem Ereignis nachzuspüren und mit dem Erfahrungsspeicher abzugleichen. Die Farben riefen Erinnerungen wach, sie waren mit einem leisen Geräusch verknüpft. Ein erahntes Geräusch aus Erinnerungen, zu hören war es nicht.

Der frühe Morgen war noch jung. Die vergehende Nacht, kühl und schwarz, stetig vom seichten Morgenwind bedrängt, zerfiel unwillig in einzelne Wolkenfelder. Die Dunkelheit hielt den nahenden Morgen hinter einem lichtlosen Wall versteckt. Tauperlen, ungezählt, benetzten Schilf- und Wiesenhalme, überzogen Farne und Gräser, verschonten selbst Spinnennetze nicht. Die feinen Wasserperlen spiegelten sich im Schein kleiner Lichtinseln. Diese kühnen Inseln tauchten am Himmel auf, sandten zur frühen Stunde ihr dünnes Licht. Für kurze Zeit durchbrachen sie den wehrhaften Schleier, bevor schwerfällig treibende Wolken der Nacht sie sogleich verschluckten. Die besiegt geglaubte Finsternis kam zurück, kroch herab vom Berg, trieb eisige Temperaturen ins schlafende Tal, warf einen unheilvollen Schatten auf kommende Ereignisse. Kein gutes Vorzeichen für ein gewagtes, wenngleich gutherziges Vorhaben in jener Zeit.

Für den kleinen Tima war es jedoch ein herrlicher Morgen, der beste in seinem Leben. Vor lauter Aufregung gab es keine Zeit sich zu fürchten. Einmal entschieden, sollten endlich Taten folgen. Verzögerungen, egal welcher Art und Zeitspanne, waren für sein junges Herz eine Qual. Der anbrechende Morgen war der ersehnte Moment - seit etlichen Tagen liefen seine Vorbereitungen. Er trug allerlei Dinge für sein gewagtes Vorhaben zusammen. Seine Ausrüstung hatte verstreut auf seinem Bett gelegen. Gewissenhaft war Stück für Stück in seinen unendlich tiefen Hosentaschen verschwunden. Welch Unglück: Anfänglich verblieben Gegenstände unverstaut auf seinem Bett! Seine Taschen waren prall gefüllt, ließen kaum Spielraum seine Knie beim Gehen zu beugen. Dabei hatte er sich bereits stark eingeschränkt. Was konnte noch zu Hause bleiben? Auf ein Neues! Alle Gegenstände wurden aus den unendlichen Tiefen gezogen und auf seinem Bett für einen weiteren Versuch sortiert und neu bewertet. Es waren zwei, wenn nicht sogar drei qualvolle Tage verstrichen, bis er eine akzeptable Lösung gefunden hatte.

Heute allerdings würde seine große Suche starten, unweit des Fiderjochs, wo an einem Felsgrat der Weg sich sprunghaft teilte, sollte ein alter Schatz liegen. So hatte er es zumindest gehört beziehungsweise verstanden – egal, er musste jetzt los, nach draußen in die verlorene Nacht zu seinem ersehnten Schatz. Beherzt verließ er seine Kammer, schlich über die hintere Treppe hinaus. Für einen Moment schimmerte im fahlen Licht der hauseigene Gartenweg. Ein erneuter Anlauf: Unaufhaltsam forderte ein neuer Morgen seinen Auftritt – überall kündeten dünne Schleierwolken vom nahenden Tag.

Sein Dorf war eines von fünf, die verstreut in einem Tal

lagen. Ein jedes hatte seine eigene Stellung und Bedeutung. Mal dominierten Weideland und Viehzucht das dörfliche Geschehen, mal standen an starken Wildbächen Getreidemühlen, dort siedelten Hausherren, ihre Knechte und Kleinhandwerker. Jede Gemeinde hatte ihre eigene Entwicklungsepoche, oftmals lagen Jahrzehnte zwischen ihren Gründungen, dennoch ähnelten sich ihre Bauten und Höfe, zeugten von einer gemeinsamen Kultur. Der Ackerboden war von guter Qualität, ertragreich und ermöglichte einen lebhaften Handel mit weit entfernten Teilen des Landes. Dies führte zu Wohlstand und Zufriedenheit im Tal. In Sichtweite erhob sich ein Bergmassiv, fest verwurzelt in der Erde. Dessen Hänge formten einen erhabenen Kegel aus altem Vulkangestein. Ein elegant gezeichneter Aufwärtsschwung beschrieb seine Kegelform recht gut.

Ein Adler in luftiger Höhe würde seine zulaufenden Kreisbögen erspähen, gekrönt mit einem innerlich ausgebrannten porösen Kraterrand. Für alle Anwohner ein vertrauter Anblick, war dieser in sich selbst ruhende Kegel ein imposantes Zeichen der Natur.

Dorthin führte Timas Weg. Schritt für Schritt hinein in die sich auflösende Nacht entfernte er sich von Zuhause, näherte sich den aufstrebenden Berghängen. Eine erwartungsvolle Stille zog übers Land; die Bewohner seines Dorfes schliefen so wie die Natur, alles bereitete sich auf den Wechsel von Nacht zum Tag vor und schwieg für eine kurze Zeit.

Seine Atemzüge wurden in der kühlen Luft sichtbar, bildeten kleine Rauchwölkchen. Die dabei entstandenen Formen und Figuren zu enträtseln, machten ihm Spaß.

Beim Ratespiel in seine Gedanken vertieft, tauchte er ein in den Dorfwald. Dieser umschloss den Vulkan weit hinauf und schenkte ihm ein dauerhaftes Windschutzkleid, geflochten aus Nadeln und Blattwerk. Dies grün getupfte Kleid erreichte eine stattliche Höhe, doch der baumlose, dunkelporige Kraterrand strahlte darüber hinaus. Dieser obere Bereich aus stumpfem anthrazitfarbenen Felsgestein blieb unnachgiebig, trotzte Wind und Sturm, lag wie ein mächtiger Ring auf dem Vulkan. Zahlreiche Legenden aus längst vergangenen Tagen rankten sich um diese Erscheinung. Vor Urzeiten von einer vertrauten Macht darnieder gelegt, wartet dieser bis zu dessen Rückkehr. Eines Tages werde er in den Himmel erhoben, hinfort getragen am Finger einer mächtigen Hand. Je stärker die Naturgewalten dran rüttelten, desto schöner ebnete sich dieser edle Ring, erhob sich zeitlos über den Wald. Eine verheißungsvolle Harmonie umhüllte den Vulkan. Menschen siedelten gern zu seinen Füßen. Tief im Innern schlug weiterhin ein vulkanisches Mutterherz aus zähem Magma. Eine hellrote Masse, durchzogen von grellleuchtenden weißen Adern, blieb in permanenter Unruhe. Seit Hunderten von Jahren ohne temperamentvollen Ausbruch, grummelte sie gedämpft vor sich hin, sandte bisweilen Schwingungen von geringer Amplitude nach oben an die Erdoberfläche. Bemerkt wurden diese Schwingungen kaum. In solch einem seltenen Moment fühlte es sich an, als ob man auf einem schwimmenden Moorboden stand. Dergestalt stellten sie keine Gefahr für das umliegende Tal dar. Niemand wusste, wie lange diese Ruhephase anhielt, sicher war hingegen, dass sie mit einem heftigen Lavaausstoß enden würde. Ein gewaltiger Lavateppich würde hinab ins Tal zu ihren

Dörfern strömen. Seit Generationen blieb es still am Berg, keiner befürchtete einen Ausbruch.

Davon unbeeindruckt erreichte Tima seinen Lieblingswald. Den fand er lustig, sah in ihm einen speziellen Freund, der nicht viel sprach. Mit ihm könnte er niemals zusammen um die Ecken seines Dorfes flitzen, dennoch bot dieser Gefährte bemerkenswerte Eigenschaften: „Sein" Wald bestach durch seine Farbvielfalt und bezaubernden Lichtspiegelungen. Oben in den Baumspitzen durchbrach die Sonne sein Blätterdach. Wie auf einer Achterbahn sauste ihr Licht in rasanten Bögen herunter von Blatt zu Blatt, umfloss querstrebende Äste wie im Spiel, mischte von grasgrün, gelbgrün, ockerrot bis zu goldgelb alle Farben, ließ einen warmen Lichterregen zu Boden tänzeln.

Gelegentlich kitzelte die Sonne mit ihren Strahlen seine Nase, ließ so ihre Wärme spüren. Zwei seiner Sinne ergänzten sich fortan: Zu einem Farbeindruck gesellte sich nun ein bestimmtes Wärmegefühl. Um ihn herum war einiges los. Dieses und jenes Geräusch, mal schleichend, mal knorrig mürbe, vergleichbar mit zerbröckelndem Zwieback überlagert vom scharfen Brechen spröder Äste, verrieten wie Leben durchs Gebüsch wuselte und in die Luft sprang.

Mit ein wenig Übung verstand man diese unsichtbaren Bewohner des Waldes, erahnte sie im Voraus, entdeckte ihre Verstecke, respektierte ihre vorsichtige Lebensweise und hörte ihrer Melodie zu. Einem Freund mit so viel Energie und Ideen verzieh man die eine oder andere Schwäche. Wie gesagt, der Wald sprach nicht viel. Die großen Leute im Dorf meinten, man könnte sich hier leicht verlaufen. Tima glaubte etwas Anderes: Er war sich sicher, dass sein grüner Freund mit wachem Sinn auf ihn aufpasste.

Sein Weg führte auf eine kleine Lichtung. Im kühlen Gras mümmelte eine Hasenfamilie ihr erstes Frühstück. Ihre Näschen streiften hitzig übers Gras, schnupperten unentwegt umher, eines ihrer Ohren blieb meist wachsam aufgestellt. Mit leichtem Kopfnicken zupften sie geübt die saftigsten Halme heraus. Bei seinem Erscheinen sprangen sie auf und hoppelten hin und her, wichen nach links und rechts vor seinen Schritten aus und verschwanden nach und nach mal in den einen oder anderen seitlichen Weg. Er durchschaute ihr Treiben. Hasen waren immer verspielt und lockten Fremde gern auf einen falschen Pfad. Der Weg, in den kein Hase sprang, war der richtige, dieser führte hinaus aus der Lichtung. Hätte Tima einen Fuchs getroffen, wäre er diesem ohne Umweg gefolgt. Ein Fuchs spielte nicht und zeigte jedem den kürzesten Weg hinaus aus seinem Revier. „Je schneller der Eindringling mein Revier verlässt, desto eher habe ich wieder Ruhe", so handelte ein Fuchs.

Alle Hasen warteten gespannt in ihren Verstecken, ob Tima in die Irre geführt war. Mit oder ohne Hasenhilfe, er kannte seit längerem den Ausgang. Dieser lag an der gegenüberliegenden Seite der Lichtung und querte wissend durchs feuchte Gras. Nicht ohne Enttäuschung ließen die Hasen ihre aufgestellten Lauscher hängen, als sie bemerkten, dass er auf den richtigen Weg zu steuerte.

Das Ende der Lichtung war sogleich der Anfang eins seiner Lieblingsorte. Eine langgezogene Allee aus eng zueinander stehenden Ahornbäumen, wie auf einer

Perlenschnur aufgereiht, wartete geduldig auf Besuch. Jeder Ahorn war von gleichem Wuchs, keiner, der durch eine ausgeprägte Stellung zu viel Sonnenlicht forderte. Es schien, ein jeder Baum nahm Rücksicht auf seine Nachbarn. Oberhalb berührten sich ihre Kronen, flochten ein langgezogenes Tunneldach.

Seine Phantasie sah ein schillerndes Gewölbe, geformt aus prächtigen Zauberteppichen, wie jetzt, wenn die Morgensonne herein fiel. Sonnenstrahlen umschmeichelten tausendfach Blatt für Blatt, fluteten ein grün-goldenes Licht durchs Gewölbe, welches am Ende zu einem kostbaren Bernsteinorange verschmolz. „Bitte eintreten", dieser feierlichen Einladung folgte Tima gern. Mit erstaunten, kreisenden Augen sog er all den bunten Zauber auf. Links, rechts, kopfüber, schräg unten, überall war Bewegung. Seine Augen verfolgten ein Blatt im Fallen, sprangen über zu einem fusseligen Federchen, welches wiegend nach oben schwebte. Ein flinkes Eichhörnchen streifte kurz sein Blickfeld, bevor es hinter einem Baum entschwand. Mit offenem Mund tauchte er weiter ein in seine märchenhafte Zauberwelt, von den unfassbaren Eindrücken berauscht, verschmolz er fließend mit dem Sonnenlicht – ein junger Prinz in seinem Reich.

Alsbald erhob sich linker Hand ein stattlicher Hügel. Ein Staat darin wohnte. Der Prinz kannte sein Reich, ging wohl wissend darauf zu, war gut vorbereitet für diesen Besuch. Aus seiner Hosentasche kam ein Bambusröhrchen zum Vorschein. Sachte wurde es auf die Hügelspitze gedrückt – der Zauber begann. Popp – popp, tauchten fleißige Waldameisen rund um das Röhrchen auf. Eine wissenschaftliche Untersuchung startend, meldeten sie ihre Erkenntnisse auf geheimnisvolle Weise umgehend in den

Bau hinein. Mutig erklommen die ersten Ameisen das senkrecht stehende Bambusröhrchen, gelangten spiralförmig bis zum obersten Rand, wo sie sogleich, unsichtbar für seine Augen, ins Innere krabbelten oder plumpsten. Er stellte sich das Geschehen als Ameisenrutsche vor. Für ihn krabbelten die Ameisen auf die obere Abstoßkante – ssst, ging es geschwind nach unten, durch den Bau erneut nach draußen und flugs nach oben zu einer neuen Runde.

In unmittelbarer Nähe verlief eine belebte Versorgungsstraße, hier kreuzten Ameisen auf gleicher Höhe. In der Enge liefen Ameisen mit ihren Fühlern zusammen und verursachten oftmals Stauungen. Sie umkreisten sich im Hinterbeinseitwärtsgang bis sie ihre alte Laufrichtung, Hinterteil voran, erreichten. Fix die Fühler befreit, sogleich wurde im Gegenpendelschwung über die Hinterbeine gedreht und eine jede setzte ihre Laufrichtung mit Kopf voran fort. Eine schöne Tanzfigur, aber hinderlich.

Ein Fall für Tima! Die Ameisenrutsche wurde abgebaut, sachte die Engstelle ameisenfrei geblasen, um dort das Rohr quer in den Hügel zu schieben bis nur noch die beiden Enden heraus schauten. Die Waldameisen, nicht dumm, verstanden seine Absicht. In Fühlersprache wurde sich schnell auf eine Nutzung als Einbahnstraße geeinigt. Zufrieden mit der staufreien Ameisenstraße erhob er sich, klopfte seine Hose auf die Schnelle sauber und ließ das Bambusröhrchen zurück. Auf dem Rückweg käme er wieder vorbei und wollte es abholen; bis dahin konnten es die eifrigen Sechsbeiner nutzen.

Sein Weg führte heute bis zu einer tückischen Wurzeltreppe, die sich als unerwünschter Abzweig an seinen Märchentunnel anschloss. Ab hier betrat er Neuland, kannte den Fortlauf nur vom Hörensagen aus Erzählungen der großen Leute. Die Wurzeltreppe strebte nahezu senkrecht an seiner linken Seite den Berg hinauf, während sich sein Zaubergewölbe weiter um den Berg wand. Der ansonsten dichtbewaldete Hang rückte knapp zwei Meter auseinander, ließ hier eine lichtlose Schneise entstehen, deren Verlauf sich nach wenigen Metern in einer nutzlosen Leere verlor.

Abgeschattet verwehrte die Wurzeltreppe jegliche forschende Einblicke. In dieser Düsternis faulten verirrte Blätter und Tannennadeln kraftlos vor sich hin, konnten keinerlei neue Keimlinge hervorbringen. Für neues Leben gab es keine Chance. Ein modriger Hauch abgestandener Fäulnis lag über diesem Abschnitt, auf dessen Boden sich einzig knorriges Wurzelwerk ausbreitete. Nur ein geringer Teil einzelner Wurzelrippen war sichtbar, lockend bildeten sie erdnah ein flächiges Muster. Der größere Teil blieb verborgen in unteren Erdschichten. Kleine Fangösen prägend, querte jede Wurzel von links nach rechts oder umgekehrt. Heimtückisch spähte eine jede hinüber zur anderen Seite. Sie lauerten gedrungen, warteten auf eine Gelegenheit, einen unbedachten Fehler, den sie gewieft nutzen, sogar ausnutzen würden!

Listenreich täuschten die Wurzelrippen eine knorrige Treppe mit unregelmäßige Stufen vor, gleichwohl verlockend für einen vermeintlich bequemen Aufstieg.

Tima wusste über die alten Wurzeln Bescheid, kannte deren unheilvolle Sage: Danach waren es schlafende Fangarme, die einen unachtsamen Wanderer ewig ans Erdreich zu binden vermochten.

"Bevor eine Wurzel meinen Fuß fängt und umschlingt

spring' ich schnell zurück. Ich bin flinker als dieses spröde Altholz!" motivierte er sich. "Oder notfalls schlüpf' ich pfeilschnell aus meinen Schuh und laufe barfuß weiter. Einen Schuh könnte ich dem Erdreich opfern".

Ein flaues Gefühl sackte in seinen Magen, er bestieg die Wurzeltreppe, tauchte ein und verschwand allmählich im formloses Licht. Jeder Tritt suchte behutsam Halt auf einer lauernden Wurzelrippe, mit jedem Schritt hinauf schloss sich hinter ihm die Verbindung zum Zaubergewölbe.

Eine unnahbare Stille umfing ihn, verstärkt durch einen kümmerlichen Lichteinfall, einzig sein eigener Herzschlag blieb hörbar. Kein Wind verirrte sich hierher. Der modrige Geruch verblieb an Ort und Stelle, wurde nicht hinfort geweht.

Selbst sein Atemzug wurde auf unangenehme Weise als eitrig schaler Luftstrom wahrnehmbar. Auf diesem Nährboden kroch langsam die Wurzelsage quälend in seine Seele hinein. „Dort oben bewegt sich jemand. Da wartet etwas – oder nicht? Die Wurzel vor mir zuckt! Sieh, sie bewegt sich! JA! Oder? Ja DOCH!" Ein kalter Schauer lief über seinen Rücken. Sein Nackenhaar sprang unversehens dornig hervor, er fröstelte am ganzen Körper. Schultern und Nacken versteiften sich. Angstschweiß perlte auf seiner Stirn. Ihm schwindelte, er spürte ganz nah diese andere Welt. Sie schloss auf zu ihm, holte ihn ein, schlängelte sich wurmartig in seine Gedanken und weiter in seine Seele hinein. Er war nicht allein! Sein Herz raste ungestüm hin und her, pochte durch Brust und Kopf. Sein Atem stockte, ein heftiger Kälteschauer erfasste erneut seinen Körper, lähmte ein Fortkommen. Wohin? Runter von der knorrigen Stiege ins enge Gebüsch. Wohin sollte er sich wenden? War sein Schatz obendrein verloren?

Ein kleiner Lichtstrahl bahnte sich tapfer seinen Weg durchs borstige Gestrüpp, ließ für einen Moment über Tima den Flügelschlag eines Schmetterlings in hellen Farben leuchten. Danach verblasste der bunte Falter lichtlos zu einem schwarzen Flöckchen. Gleichwohl hatte er ein Ziel vor Augen, folgte und rannte ihm nach, den Hang hinauf, überwand alle Unebenheiten und Fangwurzeln trittsicher wie eine Berggämse. Widerwillig gaben die Wurzeln unter seinem Gewicht federnd nach, aber niemals brach eine. Seine Lungen blähten sich wollten mehr Sauerstoff, sogen vergebens. Die Luft schal und trocken hinterließ einen bitteren Geschmack auf Zunge und Gaumen, gab seinem überhitzten Körper nur wenig Sauerstoff. Kurzatmigkeit und Schwindel folgten. Er behielt sein hohes Tempo bei, trotzte diesen Widrigkeiten, alles andere käme für ihn einer Niederlage gleich.

Auf diesen knorrigen Sprossen wollte er nicht stolpern, fürchtete, die wehrhafte Treppe könnte ihn ergreifen und fesseln, strebte nicht danach, all ihre Kräfte und Geheimnisse kennenzulernen. Selbst unter dem Waldboden vermutete er eine unsichtbare Gefahr. Nadeln, kleines Geäst, lebloses Blattwerk verwesten unmerklich, gingen ungefällig über in einen lederartigen Zustand, behielten dabei ihre Form. Die faulende Flora blieb unzersetzt, vermischte sich nicht mit dem Erdreich. Dieser konturlose Boden, mit mumifizierter Fäulnis übersät, schimmerte metallisch schwarz zwischen den tückischen Wurzeln hindurch, bedrohlich, schien dieser eine tiefe Fallgrube unter sich zu verbergen. Tima wollte es nicht testen, wollte nicht hinein stürzen, trat kräftiger aufs sehnige Altholz, riskierte keinen Fehltritt. Der Anstieg zog sich in die Länge, immer weiter in die Höhe wand sich die

Stiege. Hartnäckig querten die Fangwurzeln seinen Weg. Sein letzter Schritt ging über eine Wurzelrippe hinaus.

Der steile Anstieg endete abrupt in einem kleinen Hochplateau, gleichbedeutend mit dem Ende der Stiege. Dort wartete in einiger Entfernung auf einer Gelbpunktblume sein Schmetterling. Außer Atem plumpste er mit ausgebreiteten Armen ins weiche Wiesengrün.

Über ihn schwirrten allerlei Singvögel durch die Luft, stellten der ersten Nahrung des Tages nach oder flogen einfach ziellos umher. Ihre Ungezwungenheit war ansteckend, er atmete tief ein und ließ die wieder gewonnene Fröhlichkeit über die Lungen in seinen Körper strömen. Geschafft! Die dunkle Treppe war überwunden. Er lag im duftenen Gras einer kleinen Bergaue. Ein leichtes Plätschern ließ sich vernehmen, welches glucksend das Fiepen der Vögel untermalte. Flugs die Arme über den Kopf ausgestreckt, zwei-, dreimal längsachsgedreht rollte er vergnügt über die Wiese, bis sich sein Kopf im Bergquellwasser spiegelte. Patsch – das Gesicht wurde kurz ins eisige Nass getitscht. Erfrischt spannte sich seine Gesichtshaut rosa-rot bis zu beiden Ohren. Mega

Prickeleffekt. Zum Trinken nahm er flugs beide Hände, formte eine Schale und schöpfte klares Wasser ab.

Übermütig fielen Schuhe und Socken ins Gras für ein gewagtes Fußbad – großer Onkel voran. Die Flusssteine, vom ewigen Quellstrom flach und rund geschliffen, waren ohne Moos und boten sicheren Halt für ein kurzes Trippeln im eisigen Wasser. Anschließend ein Sprung ins Gras; wohlige Wärme schoss in seine Füße, ließ endgültig den unangenehmen Aufstieg über die alte Stiege vergessen, vertrieb alle Trübsal aus seiner Seele. Tima gab seinem Hochgefühl freien Lauf schlug ein Rad und ein zweites hinterher. Mit quälender Vorfreude, die nur jungen Menschen eigen ist, ging er zurück zum eisigen Gebirgsbach, wiederholte dieses Treiben einige Male, summte dabei sein Schmetterlingslied.

schmetterlingslied

im Morgentauspiegel erwacht
flirrend der neue Tag
flieg Schmetterling flieg

Tau des Morgens
aus Trauer und Kummer
flieg Schmetterling flieg

stille Träne
aus einsamer Nacht
flieg Schmetterling flieg

lass dich tragen hinauf
im Mantel verwoben
flieg mein bunter Falter flieg

zeig der Nacht verborgen
deine Farben im ersten Flügelschlag
flieg Schmetterling flieg

die Sonne bricht das Dunkel
vielfach mit warmen Strahlen
flieg Schmetterling flieg

ein feines Netz
täglich neugewoben
fliegt Schmetterlinge fliegt

lasst euch tragen hinauf
zeigt all euere Farben
fliegt Schmetterlinge fliegt

welch bunter Morgenmantel
lächelt in den Tag
fliegt Schmetterlinge fliegt

Seine Spielerei blieb nicht unbeobachtet, auf der Aue hauste eine kleinwüchsige Hasenkolonie. Ihr feines dichtes Fell sorgte für einen optimalen Wärmehaushalt. Sie waren auf die Bergkräuter in den höheren Lagen spezialisiert und wussten aus dem Wenigen viel Energie zu gewinnen. Auch sie trieben, vergleichbar ihrer stämmigen Verwandtschaft auf der Unteralm, gern ihr Verwirrspiel mit Fremden. Tima war zu plötzlich, wie aus dem Nichts, auf ihre Alm getreten, ihr schönes Spiel lief falsch, sie kauerten geschockt im Gras mit pochenden Herzen und sprangen überhastet in falsche, bereits besetzte Baue. Für sie vergingen endlos lange Hasenminuten, bevor sie sich sortiert hatten und zur Ruhe kamen. Ihre hin und her sausenden langgestreckten Körper blieben nicht unbemerkt, Tima hielt es für eine typische Hopserei der hier ansässigen Hasen, ahnte nicht, dass er der Auslöser für ihre Unruhe war. Allmählich wurde es Zeit, seinen Weg fortzusetzen. Zuvor kramte er aus seinen endlos tiefen Taschen eine leere Flasche mit praktischem Bügelverschluss hervor, füllte diese mit frischem Quellwasser. Ein morscher Baumstumpf bot im Inneren ein sicheres Versteck für seinen Wasservorrat, war obendrein bei seiner Rückkehr leicht auffindbar. Eine gute Vorsorge, dadurch würde sein späterer Abstieg zu Tal zügig verlaufen – natürlich mit seinem Schatz.

Sodann setzte er seinen Aufstieg fort, verließ die Alm oberhalb der Bergquelle, die hier in einen spärlich bewachsenen Hain überging. Die Tannen, vom Wuchs klein und kümmerlich, hielten allen Unwettern stand, ihre Wurzeln fanden jede Lücke im Gestein und bohrten sich tief in den Vulkan hinein, umschlossen allseitig kleine Felsplatten und -vorsprünge. Holz und Stein verzahnten sich im Laufe der

Jahre zu einer witterungsbeständigen Einheit, verblieben unverrückbar an ihrem angestammten Platz. Eine dauerhafte Umklammerung der Elemente. Ihre von weitem sichtbaren Tannenspitzen lockten hektische Zapfenernter an. Diese kleinen Vögelchen, kaum Größer als ein Viertel Zapfen, landeten geschickt auf einer Frucht, schoben beständig ihre dünnen Schnäbelchen unter jede einzelne Schuppe, pickten so Zapfen für Zapfen leer. Kleine Kolonnen von zehn bis fünfzehn Zapfenerntern versammelten sich um eine Tanne. Sie ernteten gemeinsam, zeigten dabei geschickt ihre Flugkünste, hingen ungestüm zu zweit oder dritt am selben Tannenzapfen, rotierten von Frucht zu Frucht im Zehntel-Sekunden-Takt, blieben nur für wenige Minuten vor Ort, waren in hektischer Unruhe. Zeitnot trieb sie fort zum nächsten Hang, zu taufrischen Zapfen. Die verlassene Tanne bekam keine Ruhe, eine muntere Kolonne vom gleichen Schlag kam angezwitschert, hatte sie als Ziel auserkoren. Ein verwirrendes Schauspiel der Natur; ein Hin und Her von Antäuschen, Wechseln, Abflug, sonderbar und begeisternd zugleich.

Timas Aufstieg erreichte luftige Höhen, der Abstand der Bäume zueinander wurde größer bis zur baumlosen Zone, wo sich auf offener Fläche vereinzelt kleine Büsche von spärlichem Wuchs hielten. Der erdige Boden vermischte sich mehr und mehr mit Steinen, wurde zusehends brüchiger, bis spitzeckige, scharfkantige Felsabbrüche den Weg überwiegend überdeckten. Vereinzelt behauptete ein wenig Waldhumus seinen Platz und krönte sich mit einer Art von Berglöwenzahn. Kam demnächst die gesuchte Wegteilung oder war diese bereits passiert? Wo lag der markante Felsgrat?

Sein Ziel, vage aus den Erzählungen entnommen, erschien ihm auf einmal ungenau und lückenhaft beschrieben. Hier oben, an den Abhängen des Vulkans, pulsierte eine eigenwillige Zuordnung von Zeit und Raum. Räumliche Distanzen verschoben sich beliebig. Entfernungen änderten sich permanent, ihnen fehlte der bestimmende Bezug. Eine markante Felserhebung verlor sich beim Näherkommen in einem Feld voller mächtiger Gesteinsbrocken, die vor langer Zeit vom Hang gebrochen und abgerutscht waren, bis sie sich in einer Senke, ihre Steinköpfe hochreckend, um diesen Fels ebenbürtig sammelten. Dadurch entfloh der gewählte Fixpunkt einer genauen Ortung und ließ eine verlässliche Abschätzung zum eigentlichen Ziel erneut offen.

Unzählige kleine abgesprungene Geröllsteine überdeckten seinen Bergpfad, gaben seinen Füßen eine unangenehme Massage. Diesem Weg konnte er nichts Positives abgewinnen. Es pikste und bohrte hartnäckig unter seinen Sohlen, wölbte förmlich seine Haut punktuell nach innen. Delle an Delle bildete sich ein löchriges Netz unter seinen Fußsohlen.

„Oh weh, unter meinen Sohlen brennt sich ein blödes Lochmuster ein. Wenn ich barfuß am Strand herumlaufe, hinterlasse ich bestimmt ein peinliches Golfballmuster. Die andern Jungs werden herzlich darüber feixen", jammerte Tima und erinnerte sich an die dazugehörige Geschichte. Unter den Andenken ihres weitgereisten Bürgermeisters befand sich, gut verschlossenen in seiner Schauvitrine, ein seltenes Abbruchstück von einem Korallenriff. Die verkalkten Korallentierchen bildeten jede für sich eine annähernd kreisförmige, mit feinen Äderchen durchzogene Vertiefung. Erstarrt zu winzigen offenstehenden Mündern, wirkten sie dennoch agil. Sie überzogen nahtlos die gewichtslose, cremeweiße Korallenscheibe, was ihre mögliche Agilität optisch unterstrich. Es kribbelte einen jeden, der mit seinen Fingerkuppen über die offenen Mündchen strich. Immer auf der Hut einer geschickten Täuschung erlegen gleich gezwickt zu werden. Dies seltene Element aus den Tiefen des Meeres, verknüpft mit einem Hauch Gefährlichkeit, blieb ein besonderer Reiz. Leider erlaubte der Bürgermeister nur selten den Kindern, dies Stück zu bestaunen.

Ein Freund aus Timas Jahrgang entdeckte eines Tages zwischen allerlei Strandgut ein vermeintlich gut geformtes Korallenstück. Überaus ebenmäßig und kugelrund war es für kurze Zeit der absolute mystische Höhepunkt in der Sammlung ihrer Gruppe. Bis ihre Lehrerin in der Schule ihnen leider sagen musste, dass ihr Fund nur ein alter verwitterter Spielball war, passend zum Golfsport. Der Ball blieb weiterhin ein seltenes Fundstück, verlor aber sogleich alle mystischen Attribute. Allzu gerne hätten sie diesen gegen ein echtes Stück vom Korallenriff eingetauscht. So ist der Mensch, verlangt nach den Reizen der Gefahr.

Alles, was seither entfernt an einen Golfball erinnert, zog den Spott der Gruppe nach sich.

Der Hang kippte seitlich ab, verflachte und mündete in eine Gesteinsstufe, die sich ringförmig um den Vulkan schlängelte. Eine karge Terrasse, ohne nennenswerte Erhebungen, breitete sich vor ihm aus. Wie ein riesiger sich ausdehnender Schwamm versperrten immer mehr Felsen und Gesteine seinen Weg. Bei jedem seiner Schritte wirkte Tima unbedeutender und kleiner in dieser schroffen Landschaft. Der Gesteinsschwamm sog Tima förmlich in sich auf.

Seine Füße schmerzten, als liefe er, ohne Schuhe, barfuß

übers Geröll. Mit der Zeit spürte er ein Taubheitsgefühl in seinen Zehen, Fußsohle und Schuh wurden eins, verklumpten zu einer gefühllosen Masse. Eine fiebernde Masse wie warmer Moorschlamm hing an seinen Beinen.

Dunkelgraue Bruchsteine mit ihren scharfkantigen Zacken, verwaschene kalkhaltige Splittersteine sowie moosbesetzte Graulinge vermischten sich zu einem beängstigenden Hindernis. Abweisend und kühl lag sein Weg verborgen unter einem tiefschwarzen Schattenwurf. Alle Formen verhüllend zog sich dieser Acker monoton bis zum Horizont hin. Lähmte sein Fortkommen. Lustlos stelzte er dahin, trug genervt seinen gefühlten Moorschlamm weiter.

Missmutig kramte Tima in seinen Hosentaschen, suchte vergebens nach einer geeigneten Ablenkung. Eine Kastanie als Handschmeichler, ein Spiegel zum Blenden oder eine vergleichbare Spielerei ließ sich nicht finden, um seine gedrückte Stimmung zu vertreiben. Über einen spaßigen Hasen, der ihn in die Irre führen mochte, hätte er sich jetzt gefreut. Ein Fuchs wäre natürlich besser. Aber es kam kein Meister Lampe, es kam viel besser. In nicht abschätzbarer Entfernung pulsierte ein Punkt, mal auf himmelblauem, mal auf granitgrauem Grund. Ein Auf und Ab wie es sich für einen Schmetterling gehörte. Dorthin beschleunigte er seinen Gang, vergaß jegliches Taubheitsgefühl. Sein Schmetterling flog vor ihm her. Wunderbarerweise blieb ihr Abstand gleich, wurde weder kürzer noch länger. Tima forcierte nochmals sein Tempo, spürte die dünne Luft, hörte seine stoßartigen Atemzüge. Er verdrängte seinen nagenden Zweifel und folgte unbeirrt. Sein bunter Falter flatterte und flatterte, zog leichtflüglig seine spiralförmigen Bahnen mit sicherem Blick für den rechten Weg. In Tima keimte erneut Zuversicht auf, sein Vorhaben schien unter einem guten Stern zu stehen.

So weit oben in den Bergen gab es eine Besonderheit aus den Tagen, als der Berg jung war und wuchs. Er bewahrte sich windgeschützt in einer Senke, wie in einer großen Suppenschüssel, schwere nährstoffreiche Muttererde. Im Laufe der Zeit entstand dort ein festverwurzelter Wald. Die Bäume standen eng aneinander, waren schlank, geradlinig und von feinem Wuchs, eine Oase in den Bergen. Reflektiertes Licht ließ ihn in klaren Vollmondnächten silbrig schimmern. Im Dorf nannten sie ihn anerkennend den Silberwald.

Außer Atem, leicht verschwitzt, stand er überaus glücklich vor dem Silberwald – seinem Ziel. Sein bunter Falter verschwand sogleich unbeschwert kreisend in den Tiefen des Waldes. Tima war angekommen, es fehlte nur ein letzter Schritt.

Von drei Seiten umschlossen steile Felswände den Silberwald, verhinderten so eine weitere Flächenausdehnung, boten im Gegenzug Schutz vor heftigen Unwettern. In diese U-förmige Schlucht gefügt bot der Silberwald gleichfalls Schutz für verirrte Tiere. Vielerlei Sporen, winzig klein, herbei geweht mit den großen Weltwinden, fanden Aufnahme und eine Chance zu gedeihen. An einer der Steilwände thronte über den Baumwipfeln ein alter Adlerhorst. Dorthin wanderte Timas suchender Blick.

Unterhalb dieses seit langem verlassenen Horstes, wurzelte am Fuße der Wand ein Baum. „Unser Baum – der Familienbaum", Tima kannte ihn aus Opas Erzählungen. Die großen Leute sagten, Opa sei manchmal verwirrt und man sollte nicht jede seiner Geschichten glauben. Aber die Geschichte vom Familienschatz für Notzeiten, die stimmte. Das wusste er genau, fühlte es in seinem Herzen. Für sein

Unterfangen gab es einen Grund. Sein Vater war öfter für längere Zeit fort, immer seltener scherzten und tobten sie miteinander, er wirkte geschwächt. Mama und Großpapa wichen seinen Nachfragen aus, gaben keine klaren Antworten. Obwohl unausgesprochen, schien sein Vater ernsthaft krank zu sein. Die Familie war in Not und er musste für seinen Papa den Familienschatz aufsuchen, von dem Opa erzählte.

In alter Zeit hatte ein Vorfahr, ein Seefahrer, eine schwere Krankheit. Er wollte ein letztes Mal den Vulkan erklimmen. Ein Unwetter, wie es der alte Seebär bis dato nicht erlebt hatte, trieb ihn schutzsuchend in den Silberwald. Unter einem stämmigen Baum fand er zwischen dessen ausladendem Wurzelwerk ein sonderbares Kraut. Es roch sehr intensiv. Ein auffälliger, dazu angenehmer Geruch. Dies Kraut wäre leicht erkennbar, dennoch kannte er es nicht. Neugierig geworden, pflückte er einige dieser feinen Blätter. Zerkaute sie prüfend mit den Schneidezähnen, bevor er sie hinunterschluckte. Dieses Kraut half ihm, seine Krankheit zu überwinden. Dankbar für diese Gabe, sammelte und trocknete er einige Kräuterblätter für kommende Familiengenerationen. Er hinterlegte einen Kräutersack und eine Golddukate zum Dank. In Notfällen sollte die Familie von den Kräutern nehmen. Blieb eine Generation sorgenfrei, sollte dankbar eine Dukate hinterlegt werden. Eine alte Tradition, von Generation zu Generation weitererzählt, im Wortlaut über Jahrzehnte verändert, blieb doch der innere Kern stets hör- und erkennbar.

Unscheinbar, im Schatten des Baumes, ruhte eine Ansammlung ovaler Flusssteine. Dorthin eilte Tima, plumpste aufgeregt auf die Knie, sein Ziel war zum Greifen nah, beide Hände griffen bereits die ersten Steine, wollten den Schatz der Erde entreißen. Für einen Moment hielt er inne und besann sich: „Am Ende sollte ich alles wieder so hinterlassen, wie ich es vorfand – für die nächste Generation". Gewissenhaft betrachtete er die Anordnung der flachen Steine, schloss kurz die Augen und legte danach Stein für Stein konzentriert zur Seite, bis seine Hände eine Schatulle, in schweren Segeltuchleinen eingeschlagen, umschlossen.

Die Schatulle, innen eingewachst mit dem Wachs einer Osterkerze, war schlicht aus handfestem Holz gearbeitet. Darin lagen ein Kräutersäckchen und Dukaten, eingewickelt in einem blauen Seidentuch am Rand bestickt mit zwei grünen Kreuzen. Daneben lagen, einzeln in dünnes Leinen gewickelt, zwei geweihte Holzamulette. Vorsicht öffnete er das Säckchen, entnahm einige wenige Kräuter, ließ diese sorgsam in eine eigens dafür mitgebrachte kleine Faltpapiertüte rieseln, band das Säckchen wieder zu, wickelte alle Beigaben erneut ein und schloss behutsam die kleine Holzkiste. Die gefüllte Papiertüte verstaute er in eine dafür gesondert reservierte Hosentasche. Tima spürte, ohne inneren Zwang, er würde etwas Bedeutsames zurücklassen, bevor er ging. Es gehörte wohl zur Tradition, freilich was es sein würde blieb unklar. Hier oben suchte er Hilfe und bekam die nötige Hoffnung. Es war ihm ein Anliegen, sich dankbar zu zeigen.

Der Baum bewahrte nicht nur ihren Familienschatz unter sich, zusätzlich verzierten einige Schnitzereien seinen Stamm. Davon hatte Großpapa nichts erzählt – war es ein Geheimnis?

Ein geheimer Familiencode? Hier war ein Zeichen, welches doch seines… – aber nein! Sonderbar, es passte nicht zu Opas Initialen. Darüber lagen weitere, tiefer eingewachsene Symbole von früheren Generationen: Tiere... Zeichen... Tierköpfe...? Vorsichtig strichen seine Finger entlang jeder Wulst, über jedes Zeichen, er wollte das Geheimnis mit allen Sinnen entschlüsseln. Wiederholt liefen seine Kuppen über die eingeritzten Strukturen. Grübelfalte an Grübelfalte reihten sich auf seiner Stirn, hofften auf eine zündende Idee. Ohne Erfolg.

Vorerst fand sich keine Erklärung. Ermattet fielen seine Augen zu und er entschwand in einen leichten Tagschlummer. Nicht weit entfernt von seinem Schlummerplatz huschten kleine fellige Wesen umher. Auf den ersten Blick schienen es entfernte Verwandte der Hasenfamilie zu sein. Gleichsam verschwanden sie hier und da blitzeschnell von der Bildfläche, um an anderer Stelle schelmisch aufzutauchen. Er lag ganz in ihrer Nähe, der Wind stand günstig, so dass sie ihn nicht witterten. Sie fühlten sich als Ortskundige sicher, hatten ihre Tunnelsysteme meisterlich ausgebaut, waren darin wahre Künstler. Einmal aus ihrem Erdbau herausgeschlüpft, suchten sie ein sonniges Plätzchen, um sich ihre dicht behaarten braunen Felle zu erwärmen. Ihre kleinen schwarzen Augen beobachteten die Umgebung. Eine gewisse Neugier und Schwatzhaftigkeit lag in ihrem Gesicht. Wer ein solches Tier entdeckte, wurde im Gegenzug von ihm genauestens unter die Lupe genommen. Selbst in einer Gegend, in der Tiere ihrer Art Menschen begegneten, sprangen sie vor diesen nicht panisch in ihre sichere Erdhöhle. Im Gegenteil, es wurde dreist zurück geguckt. Ihre Tapferkeit war rührend, man bewegte sich achtsam an ihnen vorbei, um nicht zu stören. Sie verharrten still auf ihrem Sonnenplatz, als wollten sie sagen: „Das ist mein Sonnenplatz. Ich war zuerst hier. Such dir einen eigenen.

Ach, und wie ist dein Name? Bleibst du länger in der Gegend?". Gefahr drohte ihnen meist nur aus der Luft, der einzige Grund, einen sonnigen Platz widerstrebend, gleichwohl zur eigenen Sicherheit, zu verlassen. Im kühlen Bau unter der Erde waren die Tierchen geschützt, warme Sonnenstrahlen lockten sie aber immer wieder nach oben. Es gab keine Garantie auf einen Stammplatz, ein Hin und Her auf der Suche nach den wärmsten Stellen hielt sie in Bewegung.

Das sorglose Treiben der pelzigen Sonnenanbeter blieb ihm verborgen, als er, weiterhin träge auf den Boden im Silberwald liegend, langsam erwachte. Mühsam fand er in die Wirklichkeit zurück. Seine Gedanken schweiften unsortiert im Kopf herum, verloren binnen kurzen ihren Faden, blieben zerstreut sprangen von einer Ideenwolke zur anderen. Warum war er hier und nicht bei seinen Freunden unten im Dorf? Seine Fingerkuppen kribbelten, sendeten schwache Druckimpulse aus. Er spürte diesen nach, empfing verschwommene Bildmuster, bevor sie nebulös im Halbschlaf versanken. In Variationen, dennoch zeichnete sich ein wiederkehrendes Muster ab. Flüchtig tauchten Erinnerungen an Schatulle, trockene Kräuter, Kreuze und Ostern auf. Die Schatulle, mit ihr stimmte etwas nicht, da war etwas Komisches. Er hatte es verdrängt, während er sich vorhin vorrangig um die Kräuter kümmerte. Unschlüssig verweilte er kurz auf seinem Platz, erhob sich umständlich, ging zum zweiten Mal zum Familienbaum, hockte sich neben die ovalen Steine und legte diese Stelle abermals frei. Bis die alte Holzschatulle aus ihrem schweren Segeltuch gewickelt war, streckte beide Arme hoch, so dass er unter sie blickte. Seine Vorahnung stimmte, ihr Boden war mit einer Gravur versehen. Die Kiste auf den Kopf drehend, schaute er auf das eingeschnitzte Bildnis.

Überrascht zog Tima beide Augenbrauen hoch, atmete tief ein – ein Rätsel lag in seinen Händen! Auf der Unterseite waren drei Symbole eingeritzt. Ein Vogel oder, mit viel Phantasie, eine Friedenstaube. Ein ovaler Stein. Ein unregelmäßiger Umriss mit einem kleinen Kreuz am Rand. Das Kreuz markierte eine wichtige Stelle, eine Art Schatzkarte, das war ihm schnell klar. Aber wo?

Ein qualvolles Quieken riss ihn aus seinen Gedanken. Die kleine Schatuelle beiseite legend, eilte er in Richtung des Geräusches, verharrte dort auf einer kleinen Anhöhe. Vor ihm schlüpften die letzten pelzigen Sonnenanbeter, die aufgeschreckt durch seinen plötzlichen Ortswechsel ungewohnt flink verschwanden, in ihre Erdgänge. Das wenige, was er von ihnen erhaschte, hielt er für fliehende Hasen. Dann war alles still. Er wartete ein Weilchen, wollte bereits umkehren, da fiel sein Blick auf einen länglichen Stein unterhalb seiner Füße. Dieser war kurz zuvor abgerutscht und wackelte ein wenig nach. An dessen Unterseite bemerkte er ein Stück braunes Fell, bückte sich tiefer zu der Stelle und hob sachte den Stein an. Zu seiner Verblüffung kam anstatt eines Hasen ein Murmeltier hervor, huschte ungestüm aus seiner misslichen Lage, streifte ungeniert sein Bein und sprang auf eine naheliegende sonnige Erhöhung. Sein Herz schlug heftig im flauschigen Fell, ansonsten schien es unverletzt. Sogleich fixierte es Tima unschuldig mit seinen kleinen schwarzen Augen. Eine kurze Atempause entstand, sozusagen eine Kennlernpause. Ein jeder hing seinen eigenen Gedanken nach, sortierte das Geschehen, bis zwischen ihrem Blickfeld ein unbekümmert herunterschwebendes Blättchen, von der Sonne lustig angestrahlt, die Situation sanft auflöste.

Das flauschig wellige Fell lockte zum Streicheln, doch das Murmeltier wich jedesmal ein Stückchen zurück, sobald er seine Hand nach ihm ausstreckte. Von den anderen war weit und breit kein Schnurrhärchen zu sehen. Diese hätten die Szene gern beobachtet, doch sie waren in ihrer sicheren Deckung gefesselt. Man spürte förmlich ihre suchenden Blicke aus ihren Erdhöhlen heraus. Ein innerer Zweikampf zwischen Neugier bis zur letzten Fellspitze und der angeborenen Vorsicht, im sicheren Bau abzuwarten bis Neues und Unbekanntes vorbeizog, entbrannte, wobei die angeborene Vorsicht nach ihrer Auffassung leider viel zu oft gewann.

Derweil beschloss Tima zu seinem Rätsel zurückzukehren. Anfangs von ihm unbemerkt, folgte das gesellige Murmeltier. Auf dem Waldboden vor seiner Holzschatulle sitzend, spürte er intuitiv das neugierig bohrende Augenpaar hinter sich. Es saß leicht erhöht auf einem Ast mit gutem Blick auf ihn und seinen Schatz. „Na komm, lass dich streicheln", vergeblich winkte er nochmals mit der Hand, drehte sich schulterzuckend zurück, um sich erneut der Schnitzerei auf der Unterseite zu widmen. Seine Überlegungen blieben zerfahren, völlig ratlos, ohne bahnbrechende Idee. „Ein Stein. Ein Vogel – Steinvogel? Markierte das Kreuz sein Nest? Ein Steinadlernest? Hmmh, liegt dort eine verzauberte Adlerfeder oder stibitzter Schmuck aus Seeräuberzeiten? Aber wo? Sollte ich das Rätsel andersherum lösen? Zuerst das Kreuz: es bezeichnet eine Kirche oder Kapelle. Der Vogel ist ein Wetterhahn? – Ein miserabel gezeichneter Wetterhahn! Der Stein ist kein Stein, könnte ein Armreif ...", eine geräuschvolle Unterbrechung ließ ihn erneut aus seinen Gedanken aufblicken. Der Ast hinter ihm war LEER! – ohne Murmeltier. Ach du je, das arme Tier schien wieder in

Nöten. Er sprang auf und eilte zum Baum mit dem verwaisten Zweig. Entwarnung, das Murmeltier hockte unverletzt,
nicht weit unterhalb seiner Füße, im Graben. Offensichtlich
war es auf dem Weg zu seiner Erdhöhle. Für einen letzten
Abschiedsgruß hob Tima lässig seinen Arm, kehrte dabei
gleichzeitig auf den Hacken um. Der lose Boden gab unter
diesem Druck nach und ehe er sich versah, lag er kopfüber
im Graben. Beide Beine nach oben, schoss ihm sein Blut in
den Kopf. Ihm schwindelte ein wenig. Sie waren auf Augen-
höhe, beherzt blieb das Murmeltier wenige Nasenspitzen
von Tima entfernt auf seinen Fleckchen hocken. Behutsam
drehte er seinen Kopf zur Seite und schaute mit schläfrigem
Blick, das war ihm in diesem Moment klar, seinen neuen
Freund, das Murmeltier, vertrauensvoll an.

Durch den Graben verdeckt, konnte diese Szene nicht
eindeutig von der restlichen Murmeltierfamilie beobachtet
werden, zumal sie aus besagten Gründen noch immer in
ihren Bauen kauerten. Ihre zügellose Phantasie lieferte
allerdings ein klares Bild: Ihr Artgenosse und das magische
Wesen hockten zeitgleich in einer Erdvertiefung in unvorstellbarer Nähe zusammen. Dies signalisierte eindeutig ihr
Geruchssinn, akustisch flankiert von einigen unmissver-
ständlichen Geräuschen. Das magische Wesen, was ver-
mochte es zu tun? Alle in ihrer Familie hatten es gesehen,
es hatte diese dunklen Augen wie sie selbst. Gleiche Farbe.
Gleiche Form. Der Unterschied bestand in einem weißen
Ring aus Magie, der jedes Auge umfloss, ein nie gesehenes
Phänomen, das jetzt unverzüglich ergründet werden sollte.
Wiederum zuckten einige dutzend Stupsnäschen hinaus aus
ihren dunklen Bauen ins luftige Himmelbau. Doch nur einige Zentimeter und für weniger als eine Dreiviertelsekunde,
danach verharrte jedes Kuschelfell, das etwas auf sich und

seine Art hielt, im sicheren Erdloch.

Bis auf eins. Dies eine war ganz dicht dran am magischen Wesen, dessen Atem es momentan spürte. Eine vertraute Nähe, die für die kurze Zeit ihrer Bekanntschaft ungewöhnlich schien, welche allerdings – das würde sich bald zeigen – vom Murmeltier bewusst herbeigeführt worden war. Am Boden liegend, nutzte er die günstige Gelegenheit: „Komm her, kleiner Eierkopf, lass dich mal streicheln". Sein Fell war samtweich wie Kükenfedern, Timas Hand versank wie in einem blumigen Meer voller Blütenkelche aus tanzenden Gelbpunktblumen.

„Das ist es!", so schoss es ihm unmittelbar durch den Kopf, eine Lösung schien nah. Derart über sich selbst überrascht, unterbrach er ungern die günstige Gelegenheit, weiterhin sein Murmeltier zu streicheln, rappelte sich auf, um leicht wankend – sein Kreislauf mühte sich nach Kräften den abrupten Änderungen zu folgen – zum Familienbaum zurückzukehren. Ja es passte, sein Puzzle fügte sich zusammen. Die hinterlassenen Symbole waren eindeutig. Alles erschien ihm nunmehr ganz einfach. Der markierte Ort lag nicht weit entfernt, auf gleicher Höhe vom Silberwald, in südlicher Richtung.

Er öffnete noch einmal die alte Holzkiste, bevor er sie abermals sicher verschloss, einwickelte und vergrub. Seine Schatulle verbarg keine weiteren Rätsel, Symbole oder Karten. Alle Hinweise befanden sich auf der Unterseite und lenkten jetzt seine Schritte zur entschlüsselten Stelle. Ein kurzer Blick zurück über seine Schulter: „Na, Eierkopf, kommst du mit?" Zu seiner Verblüffung sprang das kleine Murmeltier in Schallgeschwindigkeit über Fuß, Knie, Hüfte auf seine Schulter und ließ sich fortan von ihm tragen. Eine Dreistigkeit von unvorstellbarer Dimension, die bei der frisch aufgetauchten Verwandtschaft einen kollektiven Rückzug um dutzende Meter ins nahe Erdreich verursachte. Dieses gemeinsame Gruppentrauma wurde damals erst in der Abenddämmerung, zu sehr später Stunde überwunden.

Derweil entfernten sich Eierkopf und Tima zusehends von der verwaisten Anhöhe unter dem alten Adlerhorst. Anfänglich liefen sie entlang des Silberwaldes, kamen hier zügig voran, bevor sich erneut eine geröllhaltige Geländestufe ausbreitete und ihren Weg erschwerte. Eckige raugeriffelte Gesteinstrümmer aus Kalksandstein lagen verkeilt am Boden. Brekzienförmiger Glimmerschiffer mischte sich mit rötlichen und grünlichen Lydit-Steinen, darunter zeigte sich unregelmäßig poröses Lavagestein. Diese uralten Gesteinsbrocken waren Überreste von talwärts laufenden Steinlawinen, die, vom Hauptstrom getrennt, auf der Ebene ausgerollt waren und gestoppt hatten. Wechselseitig von Nässe, eisiger Kälte und Wind bearbeitet, waren diese Brocken in kleine scharfkantige Stücke zersprungen und zerplatzt, ein seit Millionenjahren fortschreitender Prozess prägte diesen Bereich. Es gab kein Zögern, Tima und Eierkopf gingen einfach darauf zu, akzeptierten diesen ungastlichen Weg, wie er sich darbot.

Timas Abenteuer ging weiter, eine neue Aufgabe stand an. Gemeinsam mit seinem pelzigen Schulterhocker wollte er den Taubeneisee finden. Sagenhafte Geschichten rankten sich um diesen entlegenen Bergsee. In feines Mitternachtsblau gehüllt, erschien er geheimnisvoll, wie eine Oase in der Wüste, versprühte einen besonderen Glanz. Manche meinten, er gliche einer Engelsträne auf Erden. Jeder Vergleich hinterließ ein märchenhaftes Bild in Timas Kopf, bald würde er herausfinden, welches besser zu seinen eigenen Empfindungen passte. Angespannt hielt er Ausschau nach allen Seiten. Die dünne Höhenluft reduzierte seine Konzentrationsfähigkeit, er fühlte vage den Weg, vertraute fest auf sein Glück und blieb dennoch unsicher. Schmetterlinge flogen nicht mehr, konnten ihn nicht leiten.

Eierkopf drückte auf seiner Schulter, sein neuer Freund war kein Leichtgewicht! Dennoch hätte er ihn niemals abgesetzt, er war froh, ihn tragen zu dürfen. Zusammen bildeten sie ein kühnes Team mit sechs Beinen. Seine Füße schmerzten erneut in bekannter Art und Weise. Statt dass unter seinen Sohlen dies peinliche Golfballmuster langsam verblasste, wurde es nachhaltig vertieft. Er hörte schon den beißenden Spott seiner Freunde.

Ein Gebirgsbach kreuzte rauschend ihren Weg, von beiden Seiten mit standhaften Klee- und Farngewächsen bewachsen. Sicheren Halt bot ihnen das bemooste Ufergestein. Vereinzelt blühten dort seine „Gänseblümchen der Berge". Eigenwillig vergab Tima an Pflanzen, deren Namen er nicht kannte, phantasievolle Titel auf Grund ihrer Form und Farbe, wie bei dieser am Bachlauf weißblühenden Sternmiere.

In diesem Sinne erhielt eine andere Pflanzenart eine wunderliche Bezeichnung, er betitelte sie mit „Grüner Schneekristall". Dieser „Grüne Schneekristall" war eine immergrüne Verbindung aus sternförmigen Blüten und einer Vielzahl kleiner Sprossachsen, nur wenige millimeterlang. Die fingernagelkleinen Schneekristallblüten balancierten waagerecht auf ihren winzigen Stielchen, bildeten eine in sich geschlossene Formation, die an einen Maulwurfshügel erinnerte. Seine Schneekristalle verstreuten sich lose am Wegesrand und auf Bergwiesen in den unteren Lagen, besiedelten dort filigran kleine Erdhügel in freundlichem smaragdgrün.

Vor ihnen lag ein mit Gänseblümchen umsäumter Bachlauf. Nur zwei bis drei Meter breit, ließ sich der rauschende Bach leicht überspringen. An diesem Ort sprang Eierkopf plötzlich zu Boden und blickte stur zu ihm nach oben. Verblüfft, mit fragendem Blick und hängenden Schultern, schaute Tima zurück. Allein wollte er nicht zum Taubenei-See ziehen, sprang mehrmals über den Bach, um seinem Freund zu zeigen wie sicher eine Überquerung zusammen wäre. Eierkopf verharrte an Ort und Stelle, machte keine Anstalten zu folgen. Soweit er das Gelände überblicken konnte, war es weiträumig vom Gebirgsbach geteilt. Eine Felsplatte lag, wenige Schritte entfernt, am Ufer, hatte an ihrer Unterseite kaum Moosbesatz. Diese Platte schien erst vor kurzer Zeit dort gestrandet zu sein, war zuvor vom Wasser unter- und abgespült worden. Ihre Abmaße hätten ausgereicht, um an dieser Stelle eine natürliche Brücke über den Bach zu bilden.

Ihm kam eine komische Idee, die er ungläubig gleich wieder verwarf. „Mein lieber Eierkopf erwartet doch nicht, dass ich hier für ihn eine Brücke baue. Oder?", dachte er mit gerunzelter Stirn. Noch bevor sein Gedanke endete, suchten seine Augen in der Ferne bereits nach geeignetem

Baumaterial. Leichtes Geäst, von Sturmböen heran getragen, verteilte sich spärlich in der Gegend. Einige Äste lagen verkeilt im Wasser. Dem ungeliebten Steinfeld gewann er, unter verändertem Blickwinkel, positive Aspekte ab. Für sein Bauvorhaben gab es die eine oder andere gute Verwendung. Aus annährend quaderförmigen Steinen errichtete er auf beiden Seiten des Baches kleine Stützpfeiler, verankerte in denen, beidseitig gut fixiert, vier starke Äste, klemmte einige Zweige zwischen die einzelnen Hohlräume der tragenden Äste. Dieser Erstentwurf bewirkte keine Veränderung in Eierkopfs treublickenden Augen. Unbewegt schauten sie zu ihm auf, ruhig flankierten beide Pfoten seinen leicht nach oben gewölbten Rücken. Beide Bauchflanken hoben sich unmerklich unter seinem dichten Fell, zeugten von einer entspannten Atmung. Seine kleine Bärennase, vom restlichen Körper gezielt abgesetzt, war das eigentliche Instrument ihrer Verständigung. Diese zeigte weiterhin fordernd auf ihn.

„Immer noch nicht zufrieden, bist wohl ein ganz wasserscheues Murmi?", war seine Entgegnung. Er sammelte einige biegsame Ruten und Zweige vom Boden auf, um seine Brückenkonstruktion zu verfeinern, verband die dünnen Zweige mit den vier querliegenden Basisästen. Ein stabiles Geflecht, vergleichbar dem eines Weidenkorbes, entstand. Hoffungsvoll wurde diese verbesserte Version mit einem gewinnenden Kopfnicken Richtung Eierkopf präsentiert. Was danach geschah, blieb das große Rätsel der Menschheit und überhaupt. Angesichts des plötzlichen Wandels, drohte er stehenden Fußes aus den Socken zu kippen, weitete erstaunt seine Augen, und unterwarf sich für den Moment einer marionettenhaften Steuerung. Dinge geschehen ohne Vorwarnung, ohne Ankündigung, leben von dem Impuls des unerwarteten Handelns. Eierkopf huschte dreist auf seine Schultern, ließ sich mit einem Sprung über den Bach tragen und blickte zufrieden zur gemiedenen Brücke.

Ja es stimmte, in diesem Augenblick war Tima richtig sauer auf seinen frechen Schulterhocker. Seine Superbrücke wurde nicht gewürdigt. Trotzig und bockig wollte er Eierkopf am liebsten absetzen, zurücklassen und noch Schlimmeres antun. Er hatte diese Brücke gebaut und nun schien sie nutzlos. Tima kam sich blöd vor, kickte genervt einige Steine vor sich her. Aber sein Frust schwoll schnell ab. Er war jung und ein sprunghafter Gefühlswechsel für ihn nichts ungewöhnliches. Postwendend konnten sich tiefe Verärgerung und leidenschaftliche Begeisterung abwechseln. Einem jungen Menschen wie Tima, der stets die Welt neu begriff, neu entdeckte, behagte es nicht, endlos an einer Sache trübsinnig festzuhalten, blockierte dies womöglich die Entdeckung von Neuem.

Vorzeitig schlichen sich besänftigende Töne heran: wer hatte letztendlich das Rätsel gelöst? Ein zutrauliches Gelbpunktblütenfell war selten und kostbar, es gehörte zu den Guten. Ihre Freundschaft war neu und fing erst an, er sollte gelassener reagieren und handeln. Er hätte Eierkopf nicht wirklich ins kalte Wasser geschubst, das war nur ein flüchtiger Gedanke im Moment großer Enttäuschung. Ein Gedanke ohne Substanz. Rasch verflog sein Verdruss, sie waren zusammen unterwegs, das war das Wichtigste. Versöhnt mit sich und Eierkopf ging er weiter. Warum nur hatte sich Eierkopf tragen lassen, nahm nicht die Brücke? Diese Frage verblieb in seinem Gedanken, wurde verdrängt, aber nicht vergessen.

Auf der anderen Bachseite löste sich die schroffe Terrasse allmählich auf, das scharfkantige Kieselgestein verlor sich unter einem festen alpinen Rasen. In jeder Ecke und Nische wuchs robuste Polstersegge, überzog die Ebene mit einem schilfgelben Teppichboden. Zuversicht und Glück kehrten zurück, so gesehen konnte er nicht länger gekränkt sein.

Sie gingen weiter, der Richtung seines morgendlichen Aufstiegs entgegengesetzt, im Vergleich dazu befanden sie sich auf einer höheren Etage. Ihr Hausvulkan verjüngte sich in unregelmäßigen Abständen bis zum baumlosen Kraterrand. Diese Verjüngung verlieh ihm einen leicht stufenartigen Charakter. Je höher man kam, desto kleiner wurde sein Durchmesser. Eine Umrundung des Berges erschien Tima jetzt verlockend leicht, bei flottem Tempo vielleicht innerhalb eines halben Tages.

An einer freien Stelle hatten sie eine weite Aussicht bis hinab ins Tal. Unterhalb lag das Wäldchen, welches die faulige Wurzeltreppe überdachte. Ebenda entdeckte er die Lichtung an deren oberen Zugang, wo eisiges Wasser aus der Quelle sprudelte. Alles schien zum Greifen nah. Er rückte näher an den Abgrund, stellte sich auf eine Felsplatte, um leicht erhöht eine bessere Übersicht zu bekommen. Von hier erblickte er sein Versteck für den Wasservorrat. Die Lichtung war vollständig einsehbar und wesentlich kleiner als vermutet. Vor wenigen Stunden lag er dort unten im weichen Wiesengrün, seinerzeit erschien sie ihm grenzenlos. Sein Blick schweifte umher, verweilte erstaunt am unteren Gehölz.

Sein Vulkan war nicht lückenlos bewachsen, es gab zufällige Unterbrechungen, hervorgerufen durch Verwerfungen, Hangerosionen oder Steinschläge. Dazwischen ankerten kleine in sich geschlossene Wäldchen, mit beharrlich bohrenden Wurzeltrieben, in mannigfachen Grünschattierungen, die fließend, wie impressionistische Farbtupfer à la Monet, den Vulkan verzierten. Das war ihm bekannt, dennoch glaubte er, in diesem Eckchen eine Merkwürdigkeit zu erkennen. Für einen besseren Einblick veränderte er nochmals seinen Standpunkt, spürte gleichzeitig Eierkopfs kaltfeuchte Nase drängend in seinem Ohr. Ein deutlicher Wink, wieder Richtung See zu gehen.

Sein vorrangiges Ziel blieb der Taubenei-See, da hatte sein bärchennasiger Freund Recht. Er verschob weitere Erkundungen auf einen späteren Zeitpunkt, kehrte um, suchte erneut seinen Weg zum blauen See, auf einem erdigen Untergrund, der rissig und verkrustet, wie angebrannter Mürbeteig, vor ihm lag.

Zahlreiche Kräuter und Bergblumen behaupten sich zwischen den Seggen, überzogen ihn wechselseitig mit stern- und punktförmigen Mustern. Allen Unbilden der Witterung trotzend profilierte sich der spröde Boden als intakte Hochlandalm, eine bewundernswerte Form von Ausdauer und beharrlicher Anpassung. Der See müsste demnächst vor ihm auftauchen, sofern die Beschreibungen aus den Kletter- und Wandergeschichten seiner Eltern und Großpapas zutrafen.

Bis dahin vertrieb er sich die Zeit, einen neuen Namen für Eierkopf zu finden. Murmi, Steini, Ohrbohrer, Rätsellöser, Pelzfee, Glückspelzi usw. kamen ihm in den Sinn, aber keiner war treffender als das Original. Formvollendet, klug, hartnäckig wie eine kerngesunde Nuss, die man nicht so leicht knackte. "Hej Eierkopf alter Freund ich hab' dich gern" sprach er zu seinem Murmeltier, das wissend auf seiner Schulter saß. Ein Streicheln hinter den Ohren besiegelte den respektvoll ausgewählten Namen.

Angeschlagen von langwierigen Querungen über steiniges Feld, erlahmten seine Kräfte. Sein lieber Freund Eierkopf saß auf seiner Schulter, unter der einseitigen Belastung verspannten sich seine Schultern auf unangenehme Weise. Parallel dazu sendeten seine Füße Schmerzsignale aus und forderten eine Rast, seine fehlbelasteten Schultern schlugen in die gleiche Kerbe. Ein sehr schlechter Zeitpunkt, er wollte sein Ziel, vielleicht nur ein Etappenziel, so schnell wie möglich erreichen.

Das Gelände blieb auf Sichtweite ebenmäßig. Keine steil abfallenden Hänge, maximal ein hüfthoher Busch behinderte seinen Weg. Eine gute Gelegenheit für ein Ablenkungsspiel. Augen zu und 100 Schritte gehen. Dies war sein beliebtes Spiel. Meistens schaffte er die 100 Schritte nach wenigen Versuchen. Geist und Seele waren freudig entzückt, umgehend konzentriert bei der Sache, Füße und Schultern verloren ihre Vetorechte. Wer weiß, vielleicht schloss Eierkopf aus Solidarität ebenfalls seine Augen.

Er trat abrupt ins Leere, der Boden unter ihm fiel steiler ab als erwartet. Die 100 war nicht mehr weit, wagte er noch einen Schritt? Geübt verlagerte er mehr Gewicht auf sein Standbein, hob den anderen Fuß an und tastete zögernd ins Leere, verlor dabei beinahe sein Gleichgewicht in dieser tiefen Erdmulde, die er fehlerhafterweise vorher als geringfügige Senke deutete. Nein, besser das Spiel hier abbrechen. Augen auf. Nix – kein See! Keine weichen Landschaftsspiegelungen auf einer mitternachtsblauen Oberfläche. Stattdessen schaute er in den wolkenfreien Himmel, sein Pfad wand sich S-förmig, einer vom Schmelzwasser ausgewaschenen Rinne folgend, unter ihm; versiegte steil bergab.

Ein Moment nagender Unklarheit keimte auf, hatte er sich verlaufen? Oder schlimmer, hatte er die Karte falsch gedeutet? Weiter oder umkehren? Hinter ihm lag kein Abzweig, gab es keine Gabelung, die verpasst wurde, dito weiter, wenn auch bergab. Seine Gedanken schlugen Purzelbäume, drehten sich ankerlos im Kopf, dermaßen abrupt zu Tal war nicht vorgesehen, wurde in keiner der Bergseeerzählungen erwähnt. Allerlei Gestein lag nur lose auf dem abschüssigen Hang, fand keinen Halt, rollte und rutsche unter seinen Gewicht voraus ins Tal – immer ein Stück weiter als nötig. Zögerlich folgte er halbrutschend dem Lauf der Rinne, um kurz darauf sein freudestrahlendes Lächeln mit Note 1A zu präsentierten. Seine Mundwinkel reichten bis weit hinter die Ohren, ein dauerhaftes Strahlen, wie nach einer bestandenen Doktorarbeit, anschließend nur operativ entfernbar. Er stand gut zwanzig Meter erhöht und vor ihm ruhte in himmlischer Form der Taubenei-See, spiegelklar, in Mitternachtsblau getaucht. Hurra, sie waren da.

Tima stieg hinab. Eierkopf stieg hinab von seiner Schulter und verschwand. Eierkopf verschwand! Völlig unerwartet für Tima. Sein junges Herz, lange Zeit tapfer, fühlte sich plötzlich verloren. Behände entschwand sein Murmeltier unter seinen ungläubigen Blicken. Wieso lief Eierkopf jetzt fort? Wohin wollte er? Tima hatte darauf vertraut, sie würden das Abenteuer zusammen durchleben! Flüchtig zeigte sich nochmals Eierkopfs Hinterlauf überm Gras, dann war er weg. Ohne ihn? Entmutigt ging Tima mit schleifenden Schritten hinunter zum See. Federnd gab der feuchte Uferrand nach, lautlos verhallten seine Tritte. Die anhaltende Sorge um seinen geschwächten Vater verstärkte sich, zog drückend, wie eine dunkle Gewitterwolkenwand, in sein Bewusstsein. Seine Zuversicht aus den Morgenstunden wich einer grausamen Qual der Hilflosigkeit. Hatten die großen Leute recht, er sei nur ein Kind und verstünde die Geschichten des Lebens nicht wirklich?

Seine Mundwinkel, jeglicher Muskelspannung beraubt, sprachen eine deutliche Sprache. Ihm ging nicht nur die Vorstellung auf ein aufregendes Abenteuer verloren, seine innere Traurigkeit spiegelte sich nach außen. Ob große Leute oder kleine, sie glaubten an eine gewisse eigene Gabe, ihnen wichtige Dinge mit persönlichem Einsatz zu beeinflussen. Wurde diese Gabe in Frage gestellt, brach innerlich etwas entzwei, rüttelte am Kern ihres Seins. Dafür gab es keine passenden Worte einer Beschreibung. Selbst ausgefeilte Ironie würde es nicht annährend beschreiben. In Wahrheit ging ein solcher Bruch immer ein Stück tiefer.

So enttäuscht, hockte er sich auf einen Stein nahe am Seeufer, blickte konturlos aufs Wasser, hatte keinen Blick übrig für die Schönheit seiner Umgebung. Ein dichter Seggengürtel zog sich entlang des Sees, hob seine rauen dreikantigen Stängel in die Höhe und ließ seine Blätter, mit ihrer ausgeprägten Mittelrippe, limettengrün schimmern. Dazwischen wuchs ein auffälliges Drehzahnmoos, erzeugte im Verbund mit der Segge ein ansehnliches Samtband in Grün, welches sich edel mit gelbblühenden Rosetten schmückte. Diese Nelkenwurz-Art hatte sich rund um den See verstreut, bildete mit ihren gelben Blüten und ihrer markanten Federschweifflieger-Frucht einen heiteren Kontrast. Man spürte förmlich, wie viel Spaß der Wind hatte, diese feinhaarigen Federschweiflinge mit kleinen Böen spielerisch zu verwirren. Anschließend sortierte sich die Nelkenwurz wieder, wickelte ihre zerzausten Schweiflinge zurück in ihre gewachsene Position – bis zur nächsten

Windböe. Zu seinen Füßen rankten kleine Beerensträucher diese trugen mannigfach zartrosa Blüten, verteilten sich fächerartig bis zu den Enden der Bergschlucht, bildeten ein lockendes Ziel für umherschwirrende Insekten. In wenigen Wochen reiften diese kleinen Moosbeeren, überzogen dann das ganze Areal mit knalligen gelbroten Punkten zur Freude einer Unzahl neugeschlüpfter Kleintiere und Insekten. Weißblühender Flieder und geschlängelte Schmielen teilten sich ein ansehnliches Flurstück am Rande der Schlucht, tupften verspielt ein weißes Wölkchen aufs grüne Samtband.

Diese natürliche Eleganz blieb für Timas Augen unsichtbar, berührte sein Herz nicht.

Tante Rodia erreichte seine schweifende Gedankenwelt. Bei ihr wollte er bereits seit einiger Zeit sein.

Seinen Eltern hatte er angekündigt, seine Tante heute zu besuchen, erwähnte indes den Umweg über den Vulkan nicht extra. Tima glaubte Schatzsuche und Tanten-Besuch an einem Tag zu schaffen, bewahrte sich somit gegenüber seinen Eltern eine gewisse Vertrauensebene.

Tante Rodia hieß eigentlich Rosalinda Diana G. Thyria Emdoreas Rumithales. Dies war ihr bei weitem zu lang. „Meine Größe bedarf nicht zusätzlich eines ultimativ endlosen Namens, mir reicht ein kurzes Rodia", pflegte sie zu sagen. Tante Rodia war wirklich groß. Auf den Schultern seines Vaters konnte er den hellen Kopfhautstreifen seiner Mutter erkennen, der frisurbedingt, ihren Kopf je nach Standort in Nord-Süd oder Ost-West Richtung teilte. Bei Tante Rodia sah er nur ihren Busen.

Seine Tante bewohnte ein kleines Haus in einer Nachbargemeinde, ebenfalls am Fuße des Vulkans. Ihr Haus war von einem großen Garten umgeben, begrünt mit allerlei Gräsern, Kräutern und Sträuchern. Zwischen Hecken und Obstbäumen rankten sich zur Sommerzeit Erbsen- und Gurkenstängel und Tomatenstauden, sporadisch unterbrochen von ausladenden Zucchini und schießenden Salatköpfen. Blumen in allen Größen und Farben spielten eine wichtige Rolle, nie pflanzte sie mehr als zwölf von einer Sorte. Das war eine fixe Idee von ihr. Das alte mathematische Dutzend sorgte für Harmonie, damit keine Pflanze den Garten dominierte.

Bunte Glaskugeln verteilten sich auf einem kurzgeschnittenen Rasenstück. Die vielen Kugeln sollten die Farben des Regenbogens einfangen. Tima hielt dies für einen schlauen Vorwand seiner Tante. Tatsächlich lockten die vielen Reflektionen die abenteuerlustigen Jungtiere aus der Nachbarschaft in ihren Garten. Diese versuchten emsig, noch tollpatschig auf Grund ihrer wenigen Lebensmonate, die tanzenden Lichtpunkte auf dem Rasen einzufangen. Mal tummelten sich vier Hundewelpen aus dem gleichen Wurf, ihre langen Ohren über den Rasen schleifend, gleichzeitig im Lichterkreis. Dann wiederum bildete ein schwarz-weißes Kätzchen zusammen mit einem Junghasen ein Dreamteam der besonders erfolglosen Art. Sie umkreisten eine Fünfergruppe von Lichtpunkten, fixierten eins mit aufgestellten Ohren, um gemeinsam zumindest diesen einen zu fangen. Der entscheidende Sprung nach vorne stand bevor, nur noch wenige Augenblicke, Hases Hinterlauf zuckte verdächtig. Noch im Sprung entschied sich ein jedes Mitglied vom Dreamteam für einen anderen, vermeintlich leichter zu fangenden Punkt. Mit leeren Pfötchen schauten sich beide verdutzt an, gaben sich sogleich eine neue Chance und strebten zielsicher auf eine Sechsergruppe zu.

Eine Henne mit ihrer gelben Kükenschar im Schlepptau durchkreuzte mal eben schnell den Lichterkreis, mitten durchs neuformierte Dreamteam. Das eine oder andere Küken bemerkte die bunten Lichtreize, hob sein flauschiges Köpfchen und – ja natürlich– blieb abrupt stehen. Sogleich liefen die nachfolgenden drei Geschwisterchen auf und alle vier fielen von ihren versteckten Füßchen der Länge nach hin. Ihre Köpfe und Schnäbel sanken federnd ins Gras. Bedrohlich entfernte sich der Geruch von Mutter Henne aus ihren Nasen. Keine gute Nachricht, die alte Formation musste flugs hergestellt werden. Kein leichtes Unterfangen, da immer eines der vier den falschen Kopf hob oder Fuß setzte und alle aus dem labilen Gleichgewicht erneut ins Gras warf. Mühsam entstanden aus dem einen gelben Haufen abermals vier kleine flauschige Knäule, die ohne Verzug erneut Anschluss zur Mutter suchten. Der Garten war für Mutter Henne eine beliebte Abkürzung zum nahen Dorfweiher.

Bei jedem seiner Besuche war der Platz der Regenbogenfarben Timas erstes Ziel. Das Spielen mit den Farben war Tante Rodias große Leidenschaft. Sie war eine beliebte Malerin, malte überwiegend in Öl, entsprechend streng roch es in ihrem Haus nach Lacken und Lösungsmitteln, manchmal so intensiv, dass ihm unvermittelt schwindlig wurde. In ihren Räumen verteilten sich Erstentwürfe, halbfertige und fertige Bilder auf den Fußböden. Sie standen zum Trocknen auf Stühlen oder warteten auf ihre kreative Vollendung in der Staffelei. Er liebte ihre Bilder, jedes quoll über vor lauter lebendiger Farbe, spiegelte ihren suchenden Geist wieder.

Wenn sie ihr weißes Leinen anzog und ihren Hut mit

rundum angenähter Gaze aufsetzte, zeigte sich eine andere, genauso aufregende Seite seiner Tante. Ihr Mund hielt dabei eine geschwungene Pfeife, aus der feiner hellgrauer Rauch strömte. In erlaubtem Abstand folgte er ihr dann in die hintere Gartenecke zu ihren Bienenstöcken. Der Stock wurde geöffnet, bedächtig zog sie eine Wabentafel heraus. Vom Rauch getäuscht ließen sich die Bienen behutsam abstreifen. Die Tafel wurde durch eine neue ersetzt und der Stock sorgsam verschlossen. Zurück im Haus wurde der Honig ausgeschleudert, zuvor gönnten sich beide breitgrinsend, mit ihren Fingern über die Waben fahrend, eine frische Kostprobe. Die Besuche bei Tante Rodia waren jedes Mal anders und unverwechselbar. Selbst seine Tante verlor dabei manchmal die Zeit aus den Augen, wenn es zu spät für eine Rückkehr nach Hause war, durfte er bei ihr übernachten.

Betrübt blickte er aufs sanft schaukelnde Wasser vom Taubenei See, eine Übernachtung bei seiner Tante lag für heute in unerreichbarer Ferne, eine ungewollte Übernachtung hier am See schien wahrscheinlicher. Betrübt schaute er sich um, seine Finger berührten die Tüte mit den Kräutern in seiner Hosentasche. Nun denn es wurde Zeit, er war schließlich am See und musste die markierte Stelle finden. Er erhob sich sogleich, streckte kurz seine eingeschlafenen Glieder, summte leise vor sich hin...

zeig der Nacht verborgen
deine Farben im ersten Flügelschlag
flieg Schmetterling flieg

Anfangs streifte er direkt am seichten Ufer entlang. Vergleichbar mit dem Silberwald lag der See in einer schützenden Schlucht, die ihn zu drei Vierteln mit massiven Felswänden einrahmte. Sein Wasser schwappte bedächtig zum Rand, lief nahtlos über die Uferböschung und verlor sich in deren Wiesengürtel. Auf natürliche Weise erschwerte die Schlucht einen leichten Zugang von allen Seiten. Erosionen lösten beständig unförmiges Gestein ab, dieses lag verstreut am Ufer, ragte hinderlich bis ins Wasser hinein. Es versperrte den Zugang am Rand des Sees und zwang Tima zu einem Umweg hinein ins Untergehölz. Er bahnte sich mühsam einen Weg durchs Gestrüpp. Suchte sicheren Tritt zwischen den Wurzeln der ersten Baum- und Strauchreihen, die hier kreuz und quer wucherten und ein rasches Vorankommen behinderten.

Dann wiederum blockierten gewichtige Gesteinsstufen seinen Weg. Diese nahezu senkrechten Stufen mussten auf allen Vieren erklettert werden. Nicht selten mündete ein Abzweig restlos in eine Sackgasse, dann kehrte er um und hoffte ein Stück oberhalb am Hang auf ein besseres Weiterkommen.

Im unübersichtlichen Gelände konnte man den ovalen See nur lückenhaft ausmachen. Dessen Ufer blieb aus seiner Position, obwohl erhöht, nicht einsehbar. Einmal trieb es ihn wieder zum See, er schritt eben weit aus, tastete nach sicherem Grund zwischen zwei Steinen, da stand sein Schuh bereits halb unter Wasser. Unbewußt hatte er sich dem Ufer genähert, war abermals einer Sackgasse gefolgt. Mürrisch, den Fuß aus dem nassen Element ziehend, drehte er ein weiteres Mal um.

Solch ein Fortkommen im Schneckentempo behagte seinem jugendlichen Temperament überhaupt nicht. Er starrte missgelaunt zu Boden, kickte harmlose Kieselsteinchen mit kurzem Fußgelenktritt zur Seite, murrte leise vor sich hin. In diesem Moment stapfte er an der gesuchten Stelle vorbei.

Der nächste Stein wackelte unter seinem heftigen Auftritt, als er seinen hinteren Fuß nachzog, halfen die schreckhaft hoch gerissenen Hände nicht mehr. Klägliche Ruderversuche mit den Armen brachten keine Stabilität, seine fragile Ballerina-Figur stürzte haltlos zu Boden. Tima stand verdutzt auf und bemerkte erst beim Aufschauen wie nah er seinem Ziel war.

Angesichts dieser Dummheit umspielte ein Lächeln sein Gesicht, welches sich, erstmals seit Erreichen des Sees, erkennbar in seinen Augen spiegelte. Vor ihm lag das gesuchte Fleckchen, die auf der Schatzkarte mit einem eingeritzten Kreuz markierte Stelle.

Nach wenigen Metern erreichte er das angrenzende Ufer, wo sich ein kleiner Abzweig rinnenförmig an das Oval anschloss. Faustgrosse Steine lagen in seinem engen Flussbett, darüber schwappte glucksend kühles Quellwasser hinein in den See. Das Quellwasser, nur knietief, schimmerte marineblau über den Flusssteinen, schmiegte sich kurvenreich an eine mit Farn und Schachtelhalm grünblau bewachsene Böschung, umfloss elegant jeden Fels, prägte so eine kleine Flussaue am Rand des Sees.

Dort setzte sich Tima zu Boden, um über sein weiteres Vorgehen nachzudenken.

Er war hier um ein Versprechen zu erfüllen als Dank für die erhaltene Hilfe. Gegenüber wem hatte er sein wortloses Versprechen gegeben? Er sah sich ratlos um, er wusste es nicht. Tima hatte insgeheim gehofft, die Antwort würde sich mit der Zeit von allein ergeben. Anmutig lag die Aue vor ihm, glucksend strömte das Wasser vorbei, sein plappernder Fluss offenbarte ihm kein Geheimnis. Leicht kräuselte sich die Oberfläche vor ihm, unscharf schwammen vereinzelt kleine Fische in ihrer Stop-and-Rush Bewegung daher, unscheinbaren Schatten gleichend tauchten sie auf und verschwanden bevor man sie wirklich wahrnehmen konnte. Sie fühlten sich wohl in ihrer Zwischenregion, unter ihnen lag das Flussbett, prägte hier das feste Erdreich, über ihnen schloss sich weich und nachgiebig die grenzenlose Himmelsregion an. Der Reibebereich zwischen Erde und Himmel, das war ihre Region, ihr Lebensraum. Stop-and-Rush, bei Unsicherheit Doppel-,Stop', bei Gefahr Doppel-,Rush' so gelangten sie sicher ans Ziel. Wo war sein Ziel?

Ein, zwei fusselige Öhrchen tauchten auf und wackelten in sein Blickfeld. Sie ragten wenige Zentimeter über den Boden, verschwanden kurzzeitig hinter wiegenden Grasbüscheln und kleinen Geländeunebenheiten. Vereinzelt gesellte sich ein felliges Köpfchen dazu.

Na klar, ein Murmeltier was sonst! Oder Eierkopf – sollte wirklich Eierkopf zurückkehren? Halt! Er zählte drei Ohrspitzen - verwirrend! Seine ansonsten spontane Begeisterungsfähigkeit blieb vorerst in Parkposition, er war noch niedergeschlagen von Eierkopfs plötzlichem Weggang. Tima verharrte auf seinem Sitzplatz und wartete. Es dauerte eine Weile bis die Wackelohren auf ihren zierlichen Pfoten nah genug heran waren und sich eindeutig zwei Murmeltiere abzeichneten, zu seiner großen Freude war eines Eierkopf. Glücklich über die Wendung löste sich seine Anspannung, befreite sich in einem prickelnden Rückenschauer. In seinen Augen sammelte sich ein wenig Wasser, tief gerührt mit weichen Knien blieb er sitzen, wo er war.

Eierkopf löste sich von seiner Begleitung nährte sich ihm.

Tima genoss überaus glücklich den Moment als er dessen Gewicht abermals auf seinen Schultern spürte. Eine verwandte Seele kehrte zurück.

In den nächsten Minuten herzten sie sich auf unbeschreibliche Weise. Sicherlich gehörten zig-fache Streicheleinheiten und Jubelrufe dazu, allerdings ihre wahre Verbundenheit strahlte in ihren Augen. Wissend um ihre besondere Freundschaft trafen sich ihre Blicke vertrauensvoll. Sein Herz schlug haltlos bis zum Mond, sie waren wieder ein Team.

Eierkopfs Begleiterin oder Begleiter, er wusste es nicht genau, bewahrte instinktiv eine sichere Distanz. Nach der innigen Begrüßung, sprang Eierkopf zu Boden, eilte an die Seite des wartenden Verwandten, gemeinsam bestimmten sie die neue Richtung. Gerne ließ er sich von ihnen führen. Folgte den beiden entlang des Flussufers zu einer, zumindest für murmeltiergroße Wesen, windgeschützten Bucht. Von Wasserkraft hartnäckig gerundete Kiesel mischten sich mit ungeschliffenem Gestein, erst auf den zweiten Blick zeigte sich hier eine ungeahnte Belebtheit. Zwischen schilfbewachsenen Inselchen lag verborgen die eine oder andere Erdhöhle. Nach und nach kamen weitere zum Clan gehörende Murmeltiere heraus. Ihre angeborene Befangenheit besiegend, beäugten sie neugierig den ungewohnten Zweibeiner. Tima konnte viele Jungtiere ausmachen, vermutlich Eierkopfs Familie. War das sein Versprechen, den durch einen Erdrutsch oder Ähnliches am Gebirgsbach getrennten Clan zusammenzuführen? Dies erklärte recht schön den erzwungenen Bau seiner anschließend verschmähten Superbrücke.

Seine Augen suchten, für eine Bestätigung, Eierkopfs kleine Knopflochaugen. Dieser zeigte ihm jedoch nur sein

Hinterteil und verschwand in einer abseitsgelegenen Höhle. Eine kleine Höhle natürlichen Ursprungs, kein von Murmeltierpfoten mühsam gegrabenes Erdloch. Diesmal war er es der gespannt und neugierig folgte.

Auf faulendem Geäst ankerte ein glitschiger Moosteppich, dieser verengte den ohnehin schmalen Eingang. Vom feuchten Deckenrand herab wucherten algenartige Bindfäden, der Schwerkraft folgend Richtung Boden, verschleierten die restliche Öffnung. Das bereits morsche Holz ließ sich leicht wegdrücken, dennoch musste er auf allen Vieren seinem Freund hinterherkriechen. Hinter dem verfilzten Vorhang erhöhte sich der Gang soweit, dass er gebückt auf zwei Beinen weitergehen konnte. Trotz aller Vorsicht stieß er mehrmals mit dem Kopf an die unebene Höhlendecke. Im Inneren des ausgekühlten Raums verlor sich der schwache Lichteinfall. Eine abweisende Dunkelheit breitete sich aus. Keine Spur von Eierkopf, war dieser erneut in eine missliche Lage geraten? Möglicherweise saß er, beidseitig eingeklemmt, bewegungsunfähig in einer Felsspalte. Besorgt tastete er sich eilig in die Finsternis hinein. Sein Kopf stieß ein weiteres Mal an die in der Dunkelheit unsichtbare Decke. Sein Schädel glich womöglich bald einem inversen Golfball.

Was für ein Tag! Erst wurden seine Fußsohlen hartnäckig durchlöchert, jetzt verpasste ihm diese raue Höhlendecke heimtückisch kleine Kopfbeulen. Diese winzigen Wölbungen nach außen zierten seine Kopfhaut, eines inversen Golfballs würdig. Jetzt war er quasi von Kopf bis Fuß mit diesem peinlichen Muster behaftet. Seine Freunde würden ordentlich feixen und ihn auslachen.

Er stolperte erneut. Seine Hände suchten Halt im Dunkeln, glitschten an einer schmierigen Matsche ab, bevor sie durch massive Druckverstärkung festen Halt am darunter liegenden Fels fanden. „Keine Panik es ging nochmal gut" beschwichtigte er sich selbst. Dachte einen flüchtigen Augenblick an seine Eltern und ihr vereinbartes Vertrauen. Es blieb alles im erlaubten Rahmen. Er war hier für seinen Vater, die Familie und stellvertretend für Opa. Der, wäre er aufgrund seines Alters nicht geschwächt, ebenso für seinen Sohn diese Reise unternommen hätte.

Seine verschmierten Hände wischte er flüchtig am Hosenbein ab. Mit leicht aufgeschürften Fingern durchsuchte er die unendlichen Tiefen seiner Hosentaschen, bis einige Zündhölzer und ein passabler Kerzenstummel zum Vorschein kamen. Die entzündete Kerze verbreitete ein grelles Licht, reizte seine Augen, Tima musste sie schlagartig zudrücken. Erst als die Lichtreize auf seiner Netzhaut soweit verblassten, bis nur zwei rotfarbige Schatten punktförmig nachtanzten, öffnete er sie wieder. Eine langgezogene Höhle erschien im Widerschein der Kerze, er folgte ihr leicht gebückt weiter ins Berginnere. Die Wände, einer beständigen Feuchtigkeit ausgesetzt, zeigten, trotz mangelnden Sonnenlichts, einen fremdartigen moosigen Behang. Sie schimmerten in grün-violetten Farben. Die Höhle bohrte sich tief ins massive Vulkangestein. Über verkettete Verwerfungen ging es einige Meter steil nach oben und anschließend über Gesteinsstufen wiederum abwärts, immer weiter drang er zum inneren Kern des Berges vor. Der fremdartige Moosbehang und alles Leben verschwanden. Wie am Morgen zeigten sich seine Atemzüge als kleine Dampfwölkchen. Diesmal stand ihm nicht der Sinn nach einem neuerlichen Ratespiel. Kein Luftzug pfiff durch die Höhle, es gab keine Anzeichen für versteckt liegende Felsöffnungen. Eine einsame Stille breitete sich aus. Sein Kerzenlicht flackerte unbedrängt, leuchtete ein weiteres Gewölbestück aus. Eine neuerliche letzte Biegung, der Berg forderte sein Recht, sein geschlossenes Felsgestein ließ den Gang kompromisslos enden. Der Vulkan verbot jeden weiteren Einblick in sein Inneres. Hier hockte Eierkopf geduldig in einer kleinen Wandnische. Bis dahin hatte Tima geglaubt, seinen Freund retten zu müssen, verblüfft erkannte er nun die verdrehte Lage. Welches Geheimnis befand sich hier?

Er ließ von Eierkopf weg den Kerzenschein axial kreisen – und staunte. Sicherheitshalber suchte er erneut seines Freundes Augen, wagte dann einen zweiten Versuch. Scheinbar träumte er nicht und sah was er sah in Wirklichkeit. Tima befand sich hier unmittelbar zwischen Erdregion und Himmelsregion, sein Blick ruhte auf einem ginstergelben Biotop. Vom Boden rankte eine schilfähnliche Pflanze in die Höhe, eine unbekannte niemals erforschte Höhlenflora. Verschleiert lag die Gewölbewand hinter einer flechtenartigen Struktur, von ihr fielen sporadisch diffuse Schatten. Waren es Feuchtigkeitstropfen oder mehr? Es blieb im Verborgenen, ließ sich nicht deuten. Manchmal schien es, als strebten sie nach oben ein andermal verharrten sie flüchtig und eilten dahin.

Eierkopf blieb derweil abwartend in seiner Nische hocken, sah ihm wissend beim Erkunden zu. Im Widerschein vom Kerzenlicht erschien eine Art Deckeninschrift. Für Tima bereits vertraute Signaturen und Zeichen. Seiner ersten Verblüffung folgte eine tiefe innere Erkenntnis, wenn er auch nicht alles verstand. Die aufgespürten Zeichen glichen denen am Baum unter dem Adlerhorst. Augenscheinlich war er nicht der erste Höhlenbesucher, er befand sich vielmehr auf der Spur, der uralten Spur, des Familienkodexes. Tima nährte sich dessen Entschlüsselung, konnte ihn fast greifen, aber das familiäre Geheimnis blieb ungelöst. Zumindest die nächsten Schritte eröffneten sich ihm, dafür war er im Moment dankbar und glücklich. Er fingerte nach seinem Taschenmesser und schnitt unter anderem ein Teil der gelblichen Flora samt Wurzel heraus. Eierkopf schien ebenfalls einverstanden zu sein, nutzte die Gelegenheit sogleich, sprang auf seinen angestammten Platz und ließ sich hinaustragen.

Am Höhlenausgang wurde Eierkopf sehnsüchtig von seiner Verwandtschaft erwartet. Behände lief er zu ihnen, während Tima in Gedanken vertieft zurückblieb und sich langsam an die Helligkeit gewöhnte. Neben sich legte er die herausgetrennte Sode. Diese verströmte außerhalb der Höhle einen kräftigen, angenehmen Duft. Ein letzter Beweis für seine Vermutung, die ihm während des Rückwegs in den Sinn gekommen war. Dies Gewächs schien wahrhaftig ein Vertreter der Kräuterpflanze vom alten Seebären zu sein. Dieses blütenlose Büschel könnte sich im Vorstadium zu einer vollentwickelten Pflanze befinden oder verbarg zumindest im Innern den Samen der noch aufkeimen musste. Die überlieferte Beschreibung des feinen Kräutergeruchs umspielte seine Nase, offensichtlich reagierten dessen innere Stoffe mit dem Klima außerhalb der Höhle und entwickelten diesen einnehmenden Duft.

Nicht die Zusammenführung von Eierkopfs Verwandtschaft war es, nein, es war dieses seltsame Kraut, das er zur Einlösung seines wortlosen Versprechens dem Silberwald bringen sollte. Für Tima ergab das einen möglichen Sinn, es fühlte sich gut an. Seine Eingebung am Fuße des alten Adlerhorsts käme zu einem runden Abschluss, anschließend könnte er erleichtert nach Hause gehen und seiner Familie helfen.

Mittlerweile hatte Eierkopfs Familie oder enge Verwandtschaft, er konnte es nicht unterscheiden, mehr Vertrauen gefunden. Ihrer überquellenden Neugier nachgebend reihten sie sich unweit seiner Füße im Dreiviertelkreis auf. Alle Äuglein und Bärchennasen auf das Kräuterbüschel in ihrer Mitte gerichtet. Dieser Duft, dieser ungewöhnlich seltene Duft, schien ihre Sinne wohlwollend zu betören. Gern hätte er dieses friedliche Bild ihrer Zusammengehörigkeit länger genossen, aber er musste sich sputen, um einer ungewollten Übernachtung auf dem Vulkan zu entgehen.

Tima suchte zuerst Blickkontakt mit jedem einzelnen Murmeltier, bevor er langsam seine Hand nach den Kräutern ausstreckte und zu sich hob. Zum Abschied streichelte er seinen liebgewonnenen Eierkopf, drehte sich um und begab sich auf seinen Rückweg zum Silberwald.

Er schaute ein letztes Mal zurück auf die Murmis, die sich in gewohnter Scheu zurückzogen, dennoch neugierig ihre Köpfe über den Kiesel reckend seinen Blick erwiderten, und verschwand dann im Gebüsch.

In seiner Hand hielt er die kostbare Kräuterpflanze. Dies erschwerte ihm, im unebenen Gelände eine ausgewogene Balance zu finden. In eine Hosentasche oder unter seinen Pullover ließ sie sich nicht stopfen, dort könnten ihre Stängel leicht brechen. Pannen und Missgeschicke auf seinen Hinweg hatten seine Augen geschult, geschickt überblickte er die Unebenheiten im Gelände und wählte seinen Weg. Tima kletterte und sprang katzenhaft über Hindernisse, überwand zügig Engpässe. In dieser Art mag man gern sein Abenteuer durchleben. Er betrachtete sein Kräuterbündel als Teil eines sportlichen Geschicklichkeitsspieles, lief motiviert weiter. Umschiffte dabei geschmeidig den See trockenen Fußes, erklomm die ausgewaschene Rinne und stand frühzeitig am ‚Gänseblümchen'-Bach.

Zu seiner eigenen Überraschung hockten dort, vor der neuen Brücke, zwei gute Bekannte. Eierkopf und ein weiteres elterliches Murmeltier, welches prüfend über die Brücke vor und zurück lief. Es gab keine Beanstandungen. Das zweite Murmeltier entfernte sich seelenruhig, trippelte zurück zum Taubenei See. Sobald es außer Sicht war, sprang Eierkopf auf ihn zu und landete mit zwei drei schnellen Hopsern, ganz selbstverständlich, auf seinem angestammten Platz. Tima blickte begeistert auf seine Schulter zu seinem dort dreist hockenden Freund. „Alter Faulpelz" scherzte er, sprang dann mit Elan über den Gebirgsbach. Wiedermal schlug sein Herz haltlos bis zum Mond. Die Freude über Eierkopfs Rückkehr verdrängte alle Anstrengungen der letzten Stunden aus seinem Körper, beflügelt schritt er weiter übers scharfkantige Geröllfeld. Wie ein Ausdauersportler überwand er sein Formtief und bekam die ‚zweite Luft', fühlte sich stark wie am Morgen. Im Licht der tiefstehenden Sonne, überzog ein cremiger Glanz die ockerfarbenen Steine, ließ das Feld ungewöhnlich stimmungsvoll erscheinen. Kleine Erhebungen warfen ihre Schatten voraus. Spielerisch wechselten sich helle und gedämpfte Farbtöne ab, offenbarten ein Lichtermeer mit leichtem Wellengang. Ihr eigener Schatten schaukelte vor ihnen her. Zusammen mit seinem pelzigen Sonnenanbeter formte er ein starkes Team.

Die trostlose Landschaft verlor ihren Schrecken, er kannte jetzt die Ausdehnung dieser steinigen Wüste. Verwandelte sich eine unbekannte Größe in eine bekannte, verlor sie einiges von ihrer Bedrohung. Dieser holprige Weg und seine

stichelnden Steinspitzen endeten nach einer vorhersehba-
ren Zeitspanne, es bedurfte lediglich eines Quäntchens an
Ausdauer und Geduld. Kein Grund zu verzweifeln, sie würden gemeinsam darüber queren und zum alten Adlerhorst
gelangen. Bims- und Tephritgestein glänzten kontrastreich
im Spiel der sinkenden Sonne, wirkten klar in ihren Farben,
waren scharfgestellt im weichenden Tageslicht. Von ocker-
braun bis senfgelb mischten sich die Farben bis zum Horizont, wo vereinzelt minzgrün-betupfte Zinnen himmelwärts
strebten – erste Ausläufer des nahenden Silberwaldes. Ihr
eigener Schatten eilte ihnen voraus, verlängerte sich zusehends. Dieser zeigte ihre Vertrautheit: Kopf an Kopf wellte
sich ihr Bildnis über den Boden. Sie lebten ihr Abenteuer.
Seit ihrer sonderbaren Begegnung hatten sie eine Menge
erreicht und blieben gegenüber weiteren lauernden Un-
wägbarkeiten zuversichtlich, diese gemeinsam zu überwinden. Der Wald rückte heran. Alsbald schlossen sich erste
Tannenreihen hinter ihnen, sie tauchten ein in den Silberwald, begrüßt von seiner typisch herben Luft, harzig ange-
haucht.

Der Rückweg schien oftmals kürzer zu sein als der Hinweg. Meistens täuscht die Verwandlung von unbekannten
in bekannte Größen dabei die Sinne. Entfernung und Zeit
blieben gleich, so auch diesmal. Der Tag neigte sich unaufhaltsam seinem Ende zu.

Vieles im Silberwald wirkte vertraut, als käme er heim,
die Stelle unter dem Adlerhorst mit der in festes Leinen
eingewickelten Holzschatulle, dahinter im Schatten liegend
die Siedlungshöhlen, eine jede mit zahlreichen Notausgän-
gen gespickt, von überaus neugierigen Bärchennasen be-
wohnt und nebenan Eierkopfs verhängnisvolle kleine Anhöhe. Hier endete wohl ihr gemeinsames Abenteuer, sein

pelziger Freund war hier zu Hause. Tima knuddelte Eierkopf innig, bevor dieser zu seiner weiterhin unsichtbar in ihren Löchern ausharrenden Sippschaft huschte.

Für sein ginstergelbes Kräuterbüschel gab es bereits eine passende Stelle, dort wo er kopfüber im Graben gelegen und Eierkopfs Freundschaft gewonnen hatte, sollte sie gedeihen. Dieser Platz drängte sich nahezu auf, seine wind-geschützte Lage, wobei der Sonne genügend Raum blieb das Erdreich zu erwärmen, war nahezu perfekt.

Nachdenklich betrachtete er seine sonderbare Pflanze, hob parallel ein passendes Pflanzloch aus, stellte sie vor-sichtig hinein, drückte die Erde leicht an und sorgte für etwas Wasser.

War seine Pflanze bereits ausgewachsen und blühte sie demnächst, einer Raupe gleich, die aus ihrem Kokon schlüpfte und ihre Schmetterlingsflügel aufpumpte? Oder befand sie sich im Vorstadium einer Raupe die eben anfing sich zu verpuppen? Er konnte es nicht beantworten, seine Rolle war mehr die eines Boten, der Überbringer der erwar-teten Pflanze. Er hätte gern mehr verstanden, war dennoch froh, dass er sein Versprechen bis hierher einlösen konnte.

Umgehend kramte er nach seinem Schnitzmesser, holte es aus den unendlichen Tiefen seiner Hosentasche hervor und trat zu ihrem Familienbaum. Ein weiteres Mal umspiel-te ein zufriedenes Lächeln sein Gesicht. Sein eigenes Ge-heimzeichen kündete vom seinem Besuch in der Höhle und am Adlerhorst. „Am Ende beginnt ein Anfang", schien ihm der Familienkodex zu sagen.

Er verließ glücklich den Silberwald, wohl wissend, dass zwei kluge, stecknadelkopfgroße Augen ihm hinterherschauten. Jeder der beiden, Eierkopf und er, hatten ihre eigene Mission, die sie für eine begrenzte Zeit zusammenführte. Gleichwohl hoffte Tima, dass ihr Band darüber hinaus bestand, vertraute auf ein baldiges Wiedersehen. Nunmehr sehnte er sich nach seinen Eltern und Opa, seiner geliebten Familie daheim.

Als junger Mensch hatte er dies schwere Rätsel der Familie gelöst und entsprechend gehandelt. Daher war er einerseits stolz auf sich andererseits verwirrt. Ihm blieb Opas Verschwiegenheit unerklärlich. Seit er erstmals von ihm die alte Seefahrergeschichte hörte, ermunterte er seinen Opa – in den letzten Wochen noch öfter als sonst – die Geschehnisse um den Familienschatz zu wiederholen, darauf bedacht mehr Details zu erfahren. „Wie war das damals? Der Seebär erblickte einen Adler und folgte seinem Flug bis zum Adlerhorst. Hoffte er eine seiner Federn zu finden? Kletterte unser Urahn hinauf zum Nest? Waren dort frisch geschlüpfte Jungadler? Wieviele kleine Adler können Adlereltern aufziehen? Erzähl doch mal Opi", horchte er ihn immer wieder aus. Warum hatte Großpapa seinen unermüdlichen Nachfragen zum Trotz, nicht mehr Informationen und Tipps preisgegeben? Tima übersah großzügig für den Moment, dass er selbst ein kleiner Geheimniskrämer war, weihte niemanden in seinen Plan, allein auf Schatzsuche zu gehen, ein. Es war ihre Familiengeschichte in der üblicherweise alle Geheimnisse sicher untereinander bewahrt wurden, welche Gründe des Schweigens konnte es geben? Darüber musste er vertraulich mit Opa nach seiner Heimkehr sprechen, die eben auf eine empfindliche Verzögerung zusteuerte. Bedächtig schob sich die unangenehme Gesteinsstufe in sein

Sichtfeld. Eine wilde Ansammlung aus Graulingen, Bruch-
und Splittersteinen wartete auf ihn – bereit ihn
schwammartig aufzusaugen. Es gab keine Alternative, keine
Ausweichroute, sie musste ein zweites Mal bezähmt werden.

In kürze drängten seine müden Füße erneuert, unter Ein-
fluss stichelnder Steine, auf eine längere Ruhepause. Er
entschloss sich, mit Sturheit darauf zu reagieren. Redete
sich die steinigen Kanten und Grate, die seine Schuhsohlen
quälend stachen, als sportliche Massage schön; die eine
durchblutungsfördernde Stärkung seiner Gelenke bewirkte.
Indes zauberte er beständig Glücksmomente aus den letzten Stunden in seinen Kopf. Taubenei-See, Eierkopf, eine
verschmähte Brücke bildeten seinen Gegenpol und trugen
über eintöniges Sedimentgestein hinweg. Ein langer aber
nicht endloser Weg.

Letzten Endes knüpften Berglöwenzahn, Huflattich sowie
farngrünes Halmgewächs die Anfänge eines Vegetations-
teppichs, der in die kleine mit Gelbpunktblumen ge-
schmückte Bergaue mündete. Dort gönnte er seinen Füßen
ihre ersehnte Rast, zog beide Schuhe aus und lief in Socken
durchs zarte Gras. Seine Füße genossen die neugewonnene
Freiheit, schienen mit jedem Schritt zu wachsen. Seine
verkrallten Zehen entkrampften sich Zeh für Zeh, öffneten
sich fächerartig in ihre angeborenen Positionen, entspannten sich in die Länge, trugen ihn, wie auf einer dünnen
Luftkissenschicht über die Halme. Am ausgehöhlten Baumstumpf kniete er nieder, zog seine Flasche aus ihrem Versteck, nahm einige Schlucke Wasser und blickte zufrieden
ins weite Rund, hinauf zum Berg über den Silberwald zurück
zur Wiesenau.

Die Sonne stand tief am Horizont, warf längst einen kühlen Schatten über weite Teile der Lichtung, Vorbote einer frostigen Bergnacht. Der quirlige Gebirgsbach verschwand im schattigen Bereich, spülte unablässig seine Murmelgeräusche über die Ebene. Die hiesige Hasenfamilie kauerte unsichtbar mit behaglich angelehnten Ohren in ihren Bauen, speicherte ihre Körperwärme gegen fallende Temperaturen.

Eine schleichende Kühle zog spürbar vom bodennahen Knie an ihm hoch. Er verstand die Hasen gut, die zu dieser Stunde die Oberfläche der Alm mieden. Ihm selbst stand nicht der Sinn nach einem weiteren Fußbad im eisigen Bach. Er wollte umgehend aufbrechen, verstaute kurzerhand die halbgeleerte Flasche in seiner Tasche.

Ein wenig betrübt zog er weiter, er hätte liebend gern seine neuste Theorie mit einem dieser verspielten Hasen überprüft. Er vermutete sein geheimnisvolles Kraut schuf bindende Kräfte zwischen Mensch und Tier, diesmal verblieben die getrockneten Kräuterblätter sicher in ihrer Faltpapiertüte.

Sein Blick richtete sich auf den Abgang zur ungeliebten Stiege wanderte rechter Hand weiter ein Stück den Hang hinauf. Dort versperrte ein wirres Gestrüpp aus Zweigen und Ästen ein Weiterkommen. Zwischen eng stehenden Tannen wucherten Sträucher und Hecken, bildeten eine undurchdringliche Mauer aus untereinander verknäulten Trieben.

Der Schein trog, im knorrigen Gestrüpp verbarg sich ein kleiner Durchbruch, erkennbar am leicht verstärkten Lichtaustritt. Der Wald schien dahinter eine Gasse freizuhalten. Eine für ihn bisher unbekannte Verbindung zur Lichtung. Bruchstücke dieser möglichen Gasse hatte er unlängst von der Anhöhe auf dem Weg zum Taubenei-See aus erspäht. Dieser verborgene Gang bot eine willkommene Alternative ins Tal zu gelangen, an der Wurzeltreppe vorbei. Befand sich hier ein möglicher Zugang auf diesen Talweg? Unbeirrt trat er ins hakelige Gestrüpp, schob seine Arme leicht erhoben schützend voran. Eine der erdnahen Dornentriebe verfing sich zwischen seinen Beinen, zog eine feste Schlinge um einen Fußknöchel. Borstig, von ungeahnter Biegsamkeit, schnitt sie sich fester ein, schnürte seinen Fuß ab. Scheuerte wie ein nasser Lederriemen, hinterließ rote Striemen auf seiner Haut. Ein ruckartiges Ziehen mit dem gefangenem Bein scheiterte genauso wie ein rückwärtiges herausschlingern. Umgeben von lauter stachligem Dickicht, bückte er sich kurzerhand, befreite seinen Fuß beherzt mit seinem Messer aus dieser unerwünschten Umklammerung. Sein Gesicht schützend, richtete er sich vorsichtig auf. Nicht ohne einige Kratzer und Blutspuren auf seinen Händen zu hinterlassen, ließen ihn die tückischen Dornen gewähren.

Fortan stelzte ein Storch elegant durchs Unterholz, einzig die fehlende Röte der langen Beine verriet, dass es sich um Tima handelte, der da durchs Gestrüpp stolzierte. Der falsche Storch trieb sorgsam eine Schneise durchs Dickicht, vermied nach Kräften ein erneutes Einfädeln, gelangte mit ertragbaren Blessuren auf den gesuchten Pfad. Dieser war undeutlich erkennbar, wurde augenscheinlich selten benutzt und daher kaum ausgetreten, allerdings, soweit einsehbar, befreit von Unkraut, Dornen und sonstigem hinderlichen Geäst. Mutter Natur ließ unverzüglich seine kleine Schneise durch nachfedernde Zweige verschwinden. Zurück zur Lichtung war ohnehin keine verlockende Wahl, er vertraute diesem neuen Weg. Ohne Storchengang ging er weiter.

Der schmale Pfad schlängelte sich beharrlich durchs Gehölz, neigte sich leicht abwärts bis zum Waldende. Hier breitete sich grosszügig eine baumlose Zone aus. Dieser sperrige unwirkliche Hang verhinderte einen geführten Abstieg. Sein Heimweg knickte extrem steil ab, verlief jetzt senkrecht zur Waldgrenze hinab ins Tal.

Sein Vulkan sprühte nicht nur Funken, sondern wollte überraschen und zeigte sich gern wandelbar. Über Jahrmillionen quollen auf engsten Raum sonderbare Mineralien und Rohstoffe empor, erweckten an dieser Stelle den Eindruck, als sei hier ein Stück vom Mond gelandet. Ihre mineralhaltigen Überreste überdeckten vollständig den Abhang. Trabantenschwer in allen Mondfarben verweilten sie, wie aus einer anderen Weltenzeit. Eine Weite aus silbrigem basaltgrau, die facettenartig von hellem mandelweiß befleckt wurde, dominierte das Bild. Dazwischen lagen großflächig getönte Strukturen in cremeweiß, täuschten in ihrem spiegelnden Widerschein kleine Mondkrater vor. So bildete sich ein silbergrau-weißes Mosaik überdeckt mit einem hauchdünnen Schleiertuch, welches das ganze Areal mit weichen Gelbtönen schattierte. Bergab ging es nun unweigerlich am Rande des Mondes entlang.

Seinen Körperschwerpunkt mehr in Richtung Bergseite verlagernd, glich er diesen abschüssigen Hang aus. Seine Knie knickten jedesmal rechtwinklig ein, betonten deutlich, dass seine Schrittlänge nahezu identisch mit den absolvierten Höhenmetern war. Von Weitem erinnerte seine Bewegung an ein duldsames Schaukelpferd aus Holz, welches einsam ohne Tempobeschleunigung den Hang hinunter zuckelte. Mit jedem Absinken ein Stück näher an Zuhause. Unter ihm offenbarte sich zusehends ein grünes Band, das unausweichlich seinen Abstieg kreuzte. Ohne es zu wissen erreichte er in Kürze den oberen Bereich seines Dorfwaldes. Tima spielte zwar oft im Dorfwald, doch hatten seine Erkundungstouren diese oberen Regionen bisher nicht erreicht.

Ein abseits stehender hohler Zahn flankierte den Zugang. Von innen langsam faulend stand dieser Baumstamm aschgrau daselbst ohne mächtige Krone. Der schützenden Borke beraubt, drang warme Staunässe ungehindert ins innere Mark bis tief hinunter in sein Wurzelgeflecht. Ließ ihn unmerklich von innen nach außen vermodern. Sein mächtiger Stamm kündete von gewaltigen Gewittern und Sturmböen die hier herrschten. Stark an Wuchs und Gestalt hatte er sich geschickt unter den heftigsten Windstößen gebogen, ihnen jahrzehntelang Stand gehalten, bis seine stolze Krone unter einer gewaltigen Blitzentladung zerbarst. Er blieb gebrochen zurück, zerfiel über die Jahre, trieb offensichtlich einem traurigen Ende entgegen. Pilzgeflecht bedrängte Stamm und Wurzelwerk. Kolonien von Larven und Kleininsekten besiedelten sein Inneres, entwickelten sich geborgen, fanden, aus Sicht ihrer kurzen Lebensspanne, hier ein sicheres Zuhause für viele Generationen. Ihnen schenkte er ein neues Zeitalter, eine beglückende Einsicht. Der Baum verging in Würde mit dieser Anschauung.

„Am Ende stellt sich ein Neuanfang ein", sinnierte Tima mit Blick auf den hohlen Zahn – da war wieder diese unklare Verbindung zum Familienkodex. Sein Naturell wollte immer alles genau wissen, Unklarheiten wurmten ihn innerlich. Dahingehend war er heute weit gekommen hatte viel Neues gelernt, so fiel es ihm leichter dies fehlende Wissen zu akzeptieren. Ihr Kodex erlaubte die Dinge von unterschiedlichen Standpunkten aus zu betrachten, eine neue

Erkenntnis die er zufrieden in seinem Herzen bewahrte.

Die Monotonie des steilen Abstiegs blieb, war nur um-
säumt von dickstämmigen Tannen. Er behielt unentwegt
sein Tempo bei, einfach weitergehen – stur weitergehen.
Die Sonne blieb kraftlos, ohne wärmende Strahlen versank
sie am Horizont. Unter den schattigen Tannen kühlte die
Luft spürbar ab, umströmte sein Gesicht, spannte die Haut
über seinen Wangenknochen und färbte diese leicht rosig.
Stirn und Mund mienenlos, wirkten trocken und angefro-
ren, er verblieb im Schaukelpferdschritt mit müdem Blick.

Ein schmaler Trampelpfad kreuzte seinen Weg, ab hier
wusste Tima Bescheid, er kannte diese Ecke seines Lieb-
lingswaldes. Seine zahlreichen Streifzüge am Fuße des Vulkans führten ihn regelmäßig in diesen Teil des Waldes. Der
Ameisenhaufen lag nicht mehr auf seiner Route, dazu hätte
er dem kreuzenden Trampelpfad ein Stück den Hang hinauf
folgen müssen bis zu einer Gabelung, wo er sich einerseits
in Richtung Zaubergewölbe und anderseits zu einem entlegenen Fischteich aufteilte. Er verwarf jeglichen Gedanken
an eine Umkehr, beließ gedanklich sein Bambusröhrchen an
Ort und Stelle, schenkte es gewissermaßen den Sechsbei-
nern. Lediglich in Bewegung bleiben, war sein einziger An-
sporn. Er wollte kein Risiko eingehen, blieb im gewählten
Tempo. Tima konnte es sich nicht leisten zu rasten oder
umzukehren, ihm fehlte die Kraft; einmal angehalten wäre
er nicht mehr vom Fleck gekommen. Seine Oberschenkel
brannten, bald würde eine natürliche Grenze erreicht sein,
an der sie, weich wie Pudding, seinen Körper nicht mehr
tragen und fortbewegen könnten. Die erfreuliche Erkenntnis bereits im Dorfwald zu sein, verschob diesen unaus-
weichlichen Moment für kurze Zeit. Zwei, drei weitere Sei-

tenwege kreuzten seinen Pfad, der nun in einen gut ausgetretenen Waldweg überging. Das Gelände verflachte, das Ende seines Abstiegs war absehbar. Der Wind hing lustlos in der Luft, vereinzelt rasselten vertrocknete Blätter im Geäst. Eichhörnchen, flink und wendig, waren längst nicht mehr unterwegs. Stille kehrte ein. Er trat heraus an einem dieser namenlosen Wildbäche, der, von einer betagten Brücke aus massiven Bohlenbrettern überspannt, Wald und Feldmark trennte. Die vom Wetter gepeitschten Bretter lagen windschief, an ihren Kanten und Ecken algengrün gefärbt, auf den Seitenbalken, sie knarrten mürrisch unter seinem Gewicht. Auf der anderen Bachseite wiegten sich Kornähren im kühlen Abendwind hin und her, kündeten von den nahen Feldern seines Dorfes. Bis nach Hause war noch ein gutes Stück zu laufen, er biss auf die Zähne, gönnte sich keine Pause.

Für Zuhause hatte sich Tima inzwischen einen Plan zurechtgelegt. Die Kräuter sollten in eine Dose umgefüllt und dazu Opas handschriftlicher Zettel gelegt werden. Diesen hatte er vor einiger Zeit Opa abgerungen, hatte ihn gebeten darauf die familiäre Rezeptur schriftlich niederzulegen. Diese mit Opas zittriger Hand fixierte Rezeptur bewahrte er seitdem sicher in seiner Schlafkammer auf.

Vorüber an blühenden Feldern, entlang der verwaisten Pferdekoppel vom alten Hufschmied, die mit brüchigem Zaun, ungemähten Gras und wildwuchernden Blumen den ihr innewohnenden natürlichen Charme versprühte, kamen die ersten Häuser seines Dorfes in Sichtweite. Er sehnte sich nach daheim, träumte von Küche und Frühstückstisch, wo ein vertrauter Geruch von Geborgenheit wohnte.

Derart wurde er wenig später von seiner Mutter am Küchentisch, mit feucht dampfenden Socken stehend, entdeckt. Sie wollte sich gerade nach Tante Rodia erkundigen, als sie auf dem Tisch die abgestellte Dose und den Zettel bemerkte. „Hat Opa dich beauftragt die Sachen hier abzustellen? Opa und seine Geschichten", mutmaßte sie. Er schwieg erst mal. Sie las derweil den Zettel, erkannte Opas brüchige Schrift und seufzte gerührt. Offenbar hatte sich Opa diese Mühe gemacht, um auf seine Art ihr und ihrem Mann in dieser schweren Zeit liebevoll beizustehen. Ihren Augen entwichen Tränen, seine Mutter wandte sich unversehens ab. Wie in letzter Zeit häufig, wollten seine Eltern ihn vor ihrem Kummer schützen, gleichwohl sah er die Anzeichen, wusste um die drückende Sorge. Seine Mutter überspielte wortlos die für sie unangenehme Situation, indem sie, Opas schriftlicher Anleitung folgend, anfing eine Art Kräutertee zuzubereiten. Tima sah, dass sie Papas Teeglas aus dem Schrank holte und verließ erleichtert die Küche.

**

Hoch oben im Silberwald kündet tauender Schnee vom neuerlichen Wechsel der Zeiten. Der Fuchs ist allmorgendlich unterwegs, will ungestört durchs Dickicht streifen.

Die ersten mutigen Hasen halten Ausschau nach einer schneefreien Lichtung, wollen tollen und spielen. Es ist zu früh, der Fuchs sieht ihre schnuppernden Nasen von weitem, ein kleiner angetäuschter Sprung in ihre Richtung treibt sie zurück in ihre Baue. Vorerst behauptet der Fuchs alleinig sein Recht auf ungestörte Ruh', in Kürze werden jedoch die Hasen den Lockungen der Sonne öfter folgen. Unweit vom Taubenei-See reihen sich, an die Zweige gekrallt, kleine Zapfenernter auf, tief ins eigene Gefieder gekuschelt. Im friedlichen Schlaf plagen sie weder Fuchs noch Hase, wollen ungestört in ihrer geliebten Ruhezeit verweilen. Allerdings werden in Kürze in den Tannen auf den obersten Etagen allerhand Zapfen haltlos schwingen, angeregt vom Besuch der gefiederten Picker. Selbst die winzigen Sechsbeiner halten inne, schlafen oder pausieren, in ihrem wetterfesten Hügelnest.

Es ist diese Stunde, wenn ein Fuß unter der Decke hervorrutscht. Ein abkühlender Zeh einen Schlaf unterbricht. Unbeholfen rudern Arm und Bein, man versucht diesen Zeh wieder einzufangen, will zurück in einen tiefen Schlummer. Ein vergebliches Unterfangen. Eine Zeit allein für sich, beschäftigt einzig mit sich und einer Decke. Der Zeitgeist der Moderne bleibt zurück hinter diesem eigenständigen Glück. Man ist jetzt nicht mitteilungs- und erlebnishunrig, man will nicht erreichbarsein. Ein kostbarer Moment gelebt nur für sich. Wie eine Raupe, aus ihrem sicheren Kokon geschlüpft, für sich ihre Flügel aufpumpt ohne Gedanken an kommende Ereignisse. Sitzt friedfertig da und pumpt, sorgt sich nicht um ihre ersten Flugstunden. Ein kühner Vergleich, an Fußzehen wachsen keine Schmetterlingsflügel! Obwohl hat man je nachgeschaut?

In dieser Zeit zu jener Stunde schlägt ein eigener Takt, hallen nur wenige Geräusche durchs Haus, verlassen ist die ungeheizte Küche, auf dem Herd kocht kein Wasser. Es tanzt kein Hühnerei klickernd und klackernd im Wasserbad. Der gebeizte Frühstückstisch, ohne Marmeladen- und Honigglas, der Butterdose beraubt, leergeräumt und abgewischt.

Der Morgen erwacht. Tima steht am Küchenfenster, ganz

in seine Gedanken vertieft, lauscht der gegenwärtigen Stille und schaut hinauf zum Silberwald. Diesmal hofft er, Zeit für einen erneuten Aufstieg zu finden, möchte seinen Freund Eierkopf besuchen. Ob sie sich noch gegenseitig erkennen? Ein von Tauperlen benetzter Schmetterling fliegt in die Luft und begrüßt den anbrechenden Tag –Fililap- pffh.

Tima nimmt sein kleines Schwesterchen bei der Hand und schaut ihm glücklich nach.